AtV

Viktor Nekrassow wurde 1911 in Kiew als Sohn eines Arztes geboren. Er besuchte eine Fachschule für Eisenbahnbau, studierte Architektur und arbeitete als Architekt, Schauspieler, Regisseur und Bühnenbildner. Er nahm an der Schlacht bei Stalingrad teil und schrieb im Lazarett seinen berühmten Roman »Stalingrad«, für den er 1947 mit dem Stalinpreis ausgezeichnet wurde. In den darauffolgenden Jahren geriet er immer stärker ins Feuer der offiziellen Kritik. 1974 emigrierte er schließlich nach Frankreich. Er starb 1987 in Paris.
Wichtige Werke: »Stalingrad« (Roman, 1964, dt. 1954, 1992 bei AtV); »In der Heimatstadt« (Roman, 1954, dt. »Ein Mann kehrt zurück«, 1955); »Zu beiden Seiten des Ozeans« (Reiseskizzen, dt. 1964); »Kyra Georgijewna« (Kurzroman, 1961, dt. 1962).

»Drei Musketiere aus Leningrad« – im Originaltitel »Eine kleine traurige Geschichte« – ist die letzte Arbeit Viktor Nekrassows. Der Schauspieler und Regisseur Roman, der Ballettänzer Sascha und der Liedermacher und Dichter Aschot leben in den siebziger Jahren in Leningrad. Als Sascha von einem Gastspiel aus Kanada nicht zurückkommt, zerbricht die Idylle ihrer Freundschaft. Bald darauf heiratet Aschot seine französische Freundin und geht mit ihr nach Paris. Die unerbittliche Trennung durch den »Eisernen Vorhang«, unterschiedliche Erfahrungen der Freunde und damit verbundene Wandlungen stellen ihre Freundschaft auf eine harte Probe.

Viktor Nekrassow

Drei Musketiere aus Leningrad

Aus dem Russischen von
Aljonna Möckel

Aufbau Taschenbuch Verlag

Titel der Originalausgabe

Маленькая печальная повесть

ISBN 3-7466-1004-4

1. Auflage 1993

Reihengestaltung Sabine Müller, FAB Verlag, Berlin
Einbandgestaltung Frank Odening, FAB Verlag, Berlin
Satz LVD GmbH, Berlin
Druck Elsnerdruck, Berlin
Printed in Germany

1

»Nun ja, Jungs, Kanada ist zwar nicht das Größte, aber immerhin ...« Aschot unterließ es, den Satz zu Ende zu sprechen, er machte lediglich eine Handbewegung, die besagen sollte: Schließlich ist auch Kanada ein kapitalistisches Land, in dem es zwar Superprofite und Arbeitslose gibt, aber auch Lebensmittelgeschäfte, die rund um die Uhr geöffnet haben, ein Land mit freier Liebe und demokratischen Wahlen, nicht zu vergessen den Klondike, den Sankt-Lorenz-Strom und die Trapper. Die anderen verstanden, was er meinte, widersprachen ihm jedoch. Sie gaben Europa den Vorrang und hier natürlich Paris.

»Ach, ihr mit eurem Paris! Paris wollen sie! Ja Paris – das ist die Krönung, Kanada die Lockerungsübung. Eine erste Kraftprobe. Ein Härtetest. Mit genau diesem Kanada muß man beginnen.«

Es war bereits drei Uhr nachts, die Sachen noch nicht gepackt, und das Flugzeug ging früh um acht. Das heißt, sie mußten schon um sechs im Theater sein, und das nicht gar zu betrunken.

»Warum verschmähst du den getrockneten Tee, Saschka, das ist Blödsinn. Nimm ruhig was von meinem tibetanischen Kraut, von meinem burjat-mongolischen, was weiß ich, das bringt dich wieder voll auf die Beine.«

Saschka kaute ein bißchen auf dem Zeug herum.

»So, und jetzt atme tief ein.«

»Märchenhaft. Das reinste Maiglöckchen.«

Sie redeten nun über Tibet. Roman war früher einmal zu Gastspielen in dieser Gegend gewesen, von dort stammten auch das besagte Kraut und der Balsam, beides hatte er von einstigen Lamapriestern erworben.

Zu trinken begonnen hatten sie gleich nach der Vorstellung, die war aber relativ früh zu Ende gewesen, noch vor elf. Aschot hatte sich beizeiten mit Wodka und Bier eingedeckt, die Mutter Salat zubereitet, und irgendwie waren sie auch an Exportsardinen gekommen. Man saß bei Roman – er war geschieden, lebte allein.

Aschot war beschwipster als die anderen und daher redseliger. So richtig betrunken freilich war niemand, lediglich gehobener Stimmung – immerhin durfte Saschka zum erstenmal ins Ausland reisen.

»Genug jetzt von Tibet, vom Dach der Welt, Gott sei mit ihm.« Aschot fiel Roman, der sich gern in exotischen Einzelheiten verlor, ins Wort und schenkte den restlichen Wodka aus. »Na los, ein Gläschen zum Abschied, und danach wieder ein bißchen von dem Kraut. Das Wichtigste ist, die Kontrolle zu behalten. Laß dich nicht vom Alkohol und nicht von den Frauen verführen. Nicht daß sie Agentinnen wären ...«

»Ach, Arkadi, was redest du da. Das wissen wir doch alles selbst.« Saschka hob sein Glas. »Also dann. Auf die Freundschaft! Auf die Freundschaft der Völker und die Entfaltung aller Länder!«

»Prost, Prost!«

Sie leerten die Gläser, machten dem Salat den Garaus. Saschka begann, seine Waden zu massieren. Es war heiß, sie hatten bloß Turnhosen an.

»Was knetest du dauernd an den Beinen herum,« Aschot konnte nicht länger an sich halten, gab gleich noch eins drauf: »Länger werden sie davon auch nicht.«

»Nishinski hatte ebenfalls kurze Beine«, parierte Roman an Saschkas Stelle; er wußte alles über alle. »Ist euch eigentlich bekannt, wie er seinen phänomenalen Sprung erklärte? ›Ganz einfach‹, pflegte er zu sagen, ›ich springe und bleibe eine Minute in der Luft, das ist alles ...‹«

»Schon gut«, unterbrach ihn Saschka, »wir müssen los. Besser, wir rüsten jetzt.«

Sie zogen sich an.

»Was habt ihr denn an Devisen bekommen?« fragte Roman.

»Noch gar nichts. Sie haben gesagt, daß sie uns das Geld an Ort und Stelle geben. Aber es ist bestimmt nicht der Rede wert.«

»Nimm die Sardinen mit, wirst sie brauchen können.«

»Mach ich.« Saschka steckte zwei flache, noch ungeöffnete Büchsen in die Jackentasche. »Dieses verdammte Pack!« – das freilich bezog sich bereits auf die Staatsmacht.

Man pflichtete ihm bei, jeder fügte sein schmückendes Beiwort für den so heiß geliebten Staat hinzu.

»Henriette werde ich trotzdem anrufen, ob du's willst oder nicht«, sagte Aschot. »Ein paar zusätzliche Mäuse können nie schaden. Auf welchem Flughafen landet ihr?«

»In Orly, haben sie gesagt ...«

»Also wird sie dich in Orly aufspüren.«

»Das wäre Kriwulins erster Trumpf.«

»Ach was, Hauptsache du gibst dich souverän. Dann werden sie sofort unsicher, glauben, jemand hält die Hand über dich.«

Henriette war Praktikantin an der Leningrader Universität und gerade zu Hause im Urlaub. Aschot hatte die Absicht, sie zu heiraten, und zwar einfach aus Liebe, ohne jeden Hintergedanken, so seltsam das auch klingen mochte.

»Dich soll einer verstehen«, brummte Saschka. »Erst heißt es, die Kontrolle behalten, und dann schiebst du mir als Sowjetbürger eine Ausländerin unter.«

»Ich ruf sie trotzdem an.«

»Du kannst einem schon auf den Geist gehn.«

Damit war die Diskussion beendet. Sie traten auf die Straße hinaus, wo es schon völlig hell war. Die weißen Nächte hatten begonnen. Entsprechend den astronomischen Gesetzen beeilten sich Morgen- und Abenddämmerung, einander abzulösen, gaben der Nacht nicht mehr als eine Stunde. Über die Kais spazierten eng umschlungen die Pärchen. Auf der Litejny-Brücke blieb Saschka plötzlich stehen und fing, ans Geländer geklammert, gräßlich laut zu deklamieren an: »Wie lieb ich dich, o Schöpfung Peters, lieb deinen Anblick stolz und streng ...«

»Nicht stolz, sondern hehr«, korrigierte Romka. »Wenn schon, dann richtig.«

»Klar richtig, das weiß ich selber ... Übrigens lieb ich euch Mistkerle ebenfalls!« Saschka faßte die beiden um die Schultern und drückte sie fest an sich. «Was soll ich machen, ich lieb euch, und basta.«

»Und wir?« Aschot löste sich aus der Umarmung, sah Romka an.

»Wir beneiden ihn einfach, beneiden ihn ganz elementar ...«

»Heutzutage nennt man das ›in aller Freundschaft beneiden‹. Na, wie dem auch sei, ich bring euch jedem ein Paar Jeans mit.«

»Ein Schlückchen Freiheit bring mit. Und vergiß die ›Lolita‹ nicht.«

Aschot war ganz versessen auf Nabokov, obwohl er außer dem »Geschenk« nichts weiter von ihm gelesen hatte. Die gesamten vierhundert Seiten in einer Nacht.

Saschka gab beiden einen Schmatz aufs Stoppelkinn. »In brüderlicher Liebe«, trällerte er, »in brüderlicher Liebe!«

»Nun reicht's aber!«

»Ihr seelenlosen Pseudointelligenzler. Aber keine Bange, die ›Lolita‹ bring ich dir mit, und wenn ich Kopf und Kragen riskiere.«

Zu Hause stellte sich heraus, daß Saschkas Mutter bereits für ihn gepackt hatte. Sie hatte den Korowins – der Mann weilte oft im Ausland – einen vornehmen Koffer mit Reißverschlüssen abgebettelt, damit Saschka sich nicht blamierte, und die Sachen sorgsam zurechtgelegt. Auch ein Importjackett hatte sie erstanden, mit Goldknöpfen. Saschka probierte es an – mit seiner sportlichen Ballettfigur sah er in allem gut aus.

»Und was soll ich *damit*?« Er fischte einen Pullover aus dem Koffer. »Es ist schließlich Sommer ...«

»Sommer hin, Sommer her – Kanada bleibt Kanada.« Die Mutter entriß ihm den Pullover und packte ihn erneut in den Koffer. »Es ist dasselbe wie Sibirien.«

»Im Sommer ist es in Sibirien manchmal wärmer als in Moskau, liebe Vera Pawlowna«, erklärte Roman. »Dort herrscht Kontinentalklima.«

Nichtsdestoweniger blieb der Pullover im Koffer. Saschka winkte ab, es war schon halb sechs.

Die Mutter sagte: »Wollen wir uns nicht noch ein bißchen setzen, bevor es losgeht?«

Sie setzten sich, wie es sich gerade ergab – Saschka auf den Koffer.

»Na dann ...« Er umarmte die Mutter, gab ihr einen Kuß. Vera Pawlowna schlug das Kreuz über ihn.

»In Kanada soll es viele Ukrainer geben«, sagte sie unvermittelt, offenbar um ihre Erregung zu verbergen, »mehr als in Kiew ...«

»Schon möglich.« Saschka ging zum Schreibtisch, holte ein Foto unter der dicken Glasplatte hervor, das ihn und seine Freunde zeigte, und steckte es in die Jackentasche. »Irgendwo in Winnipeg werd ich's anschaun und losheulen ... Also dann, gehen wir.«

Im Theater waren sie schon in heller Aufregung.

»Ihr habt doch wohl nicht die ganze Nacht durchgefeiert, Kunizyn!« sagte Sujew, der Parteisekretär, und musterte Saschka mißtrauisch. »Ich kenne euch Brüder.«

»Gott bewahre, für wen halten Sie uns. Ich hab die ganze Nacht Kanada gepaukt: Wer Premierminister ist, wieviel Einwohner es hat, wie viele Arbeitslose ...«

»Also wirklich, spar dir deine Sticheleien.« Sujew war Inspizient und haßte die Künstler durch die Bank. »Und jetzt im Laufschritt zum Direktor, alle sind schon versammelt.«

»Nun ja, wenn's im Laufschritt sein muß ...« Saschka wandte sich zu seinen Freunden um: »Dann macht's mal gut ohne mich. Laßt euch abschmatzen.«

Sie küßten sich flüchtig, klopften sich auf den Rücken.

»Gruß an Trudeau«, sagte Romka.

»Und an Vladimir Vladimirowitsch.« Gemeint war Nabokov.

»Alles klar. Macht's gut!« Saschka drehte eine Pirouette und rannte aufgekratzt den Korridor entlang. Am Ende des Flurs blieb er stehen und hob die Hand in Art des Ehernen Reiters: »Der Newa majestätisches Strömen, ihrer Ufer fester Granit ... Und ihr braucht wirklich keine Jeans?«

»Verschwinde schon.«

»Zu Befehl!«

Dann schloß sich die Tür hinter ihm.

2

Natürlich nannte man sie mit Spitznamen die Drei Musketiere, obwohl vom Äußeren her dem nur Saschka Kunizyn entsprach, der schlanke, elegante Ballettänzer. Aschot war ein bißchen klein geraten, doch geschmeidig, und er besaß ein südliches, armenisch-gascognisches Temperament. Auch Roman war nicht groß, hatte zudem abstehende Ohren, dafür aber war er gewitzt wie Aramis. Einen Portos dagegen gab es nicht unter ihnen, und zu einem Athos fehlte ihnen ebenfalls einiges – das Geheimnisvolle.

Sie ließen sich Kinn- und Oberlippenbärtchen stehen,

doch Saschka, der die jugendlichen Helden tanzte, mußte alles wieder abrasieren, Aschot mit seinem wilden Haarwuchs hatte das tägliche Stutzen bald satt, und bei Roman fiel dieses Musketiermerkmal höchst ungewöhnlich aus – nämlich feuerrot.

Außer ihrer Unzertrennlichkeit gab es noch etwas, das sie in die Nähe der Musketiere rückte – sie hatten eines Tages, wenn auch mit blauen Flecken und allerhand Schrammen, eine Schlacht gegen ein paar Rowdys vom Ligowski-Prospekt gewonnen. Das festigte ihren Spitznamen endgültig.

Jemand hatte sie auch die »Kukryniksy« getauft. Dieses Pseudonym stand für die Karikaturisten Ku-prijanow, Kry-low, Nik. S-okolow – ihre Namen lauteten Kunizyn, Krymow, Nikogossjan. Doch das bürgerte sich irgendwie nicht ein.

Alle drei waren sie jung – noch keine dreißig –, Saschka mit seinen dreiundzwanzig der Jüngste. Es war jenes wundervolle Alter, in dem Freundschaft noch etwas zählt und diesem Wort Glauben geschenkt wird.

Alle drei gehörten sie auch zur Zunft der darstellenden Künstler. Saschka war am Kirow-Theater erfolgreich, Roman als Schauspieler bei »Lenfilm«, Aschot mal hier, mal dort, hauptsächlich trat er in Estradenprogrammen auf, weshalb man ihn im Scherz den »Allroundkünstler« nannte: Er sang, spielte Gitarre, ahmte gekonnt Marcel Marceau nach. Ihre Freizeit verbrachten sie stets gemeinsam.

Es mag seltsam klingen, doch sie tranken wenig. Natürlich konsumierten auch sie Schnaps, ohne den geht es ja bei uns nicht, doch in Anbetracht des allumfassenden, sämtliche Statistiken verderbenden Alkoholmißbrauchs im Land wirkten sie eher wie Nichttrinker. Gewiß, Roman versackte manchmal für drei Tage, aber niemals länger. Er nannte das dann seine »schöpferische Pause«.

»Man kann schließlich nicht immer nur ans Hehre und

an die Ewigkeit denken«, erklärte er, »hin und wieder muß man sich auch dem Irdischen zuwenden. Zum Ausgleich gewissermaßen.«

Die beiden andern stritten nicht mit ihm, sie mochten ihn, verziehen ihm sogar die Ehefrau, die zwar hübsch, doch dumm war. Übrigens ließ er sich bald von ihr scheiden, und das schmiedete das Kollektiv der Musketiere noch enger zusammen.

Natürlich lasen sie auch. Die unterschiedlichsten Bücher. Die Geschmäcker stimmten nicht immer überein. Aschot liebte lange Romane à la Faulkner, die »Forsytes«, die »Buddenbrooks«. Saschka war mehr für die Phantastik – die Strugazkis, Lem –, Romans Favorit aber hieß Knut Hamsun, außerdem gab er sich den Anschein, für Proust zu schwärmen. Alle drei verband Hemingway – er war damals gerade in Mode, während Remarque allmählich in Vergessenheit geriet.

Doch das Entscheidende, was sie einander näherbrachte, war etwas ganz anderes. Nein, sie begaben sich nicht in den Dschungel der Philosophie und ihrer bedeutenden Lehren – nur für einige Zeit, nicht allzu lange, begeisterten sie sich für Freud und danach für Yoga. Sie schmähten auch das Sowjetsystem nicht mehr als andere (in dieser Hinsicht schirmten eine gewisse Unbekümmertheit und jugendlicher Frohsinn sie gegen die meisten Schweinereien ab, die von den Älteren kaum noch ertragen wurden), dennoch verlangte die Frage, wie gegen die Dogmen, den Stumpfsinn und die Einseitigkeit anzukommen sei, die einen von allen Seiten bedrängten, nach einer Antwort. Zu den Kämpfern für neue Strukturen und deren Verfechtern zählten sie ebenfalls nicht, sie hatten nicht die Absicht, ein verfallenes Gebäude umzubauen. Sie konnten nur versuchen, ein Schlupfloch in den Ruinen zu finden, einen schmalen Pfad in dem alles einsaugenden Sumpf. Sie wollten Erfolg haben. Darüber wurde niemals laut gesprochen, das war nicht üblich, doch an mangelndem Ehrgeiz litt keiner von ihnen.

Kurz, was sie vereinte und näherbrachte, war eine gewisse Suche nach dem eigenen Weg. Einem Weg, auf dem sie sich oben hielten, sofern sie etwas erreicht hätten. Aschot, sarkastisch und für seine knappen, treffenden Definitionen bekannt, brachte das auf den Nenner: Das Wichtigste ist, sich dabei nicht in die Hosen zu scheißen! Die Losung wurde aufgegriffen, und obwohl böse Zungen das in abgewandelter Form als »Diplomatie der Hosenscheißer« bezeichneten, waren die drei kein bißchen gekränkt. Sie drückten sich vor der gesellschaftlichen Arbeit und blieben Versammlungen fern, in denen jemand abgekanzelt werden sollte.

Sie waren verschieden und einander doch sehr ähnlich. Jeder hatte etwas Besonderes. Saschka mit seinen blonden Locken eroberte sämtliche Mädchen über vierzehn – nicht nur durch den Wirbelsturm seines Tanzes, sein Lächeln mit den weißen Zähnen, den Schmachtblick und Augen, die plötzlich Funken sprühten, sondern mit seiner ganzen wohlgeformten Gestalt, der Eleganz, der Fähigkeit, andere zu verzaubern. Seine Widersacher bezeichneten ihn als eingebildeten, ehrgeizigen Pfau – doch hat man jemals einen hübschen zwanzigjährigen Burschen mit einem ausgeprägten Gefühl für Selbstkritik gesehn? Wenn er in Turnhosen im Sessel lümmelte, nahm er graziöse Posen ein, strich sich liebevoll über die Beine und war höchst erbost, falls jemand erwähnte, sie könnten schon ein bißchen länger sein. Auch langweilte es ihn, wenn über einen anderen länger geredet wurde, als er es nach seiner Meinung verdiente; Gespräche über ihn selbst dagegen ermüdeten ihn keineswegs. Doch wenn es sein mußte, war er zur Stelle. Als Roman eines Tages mit schwerer Grippe dalag, versorgte Saschka ihn, kochte ihm Grießbrei wie die leibliche Mutter. Mit einem Wort, er gehörte zu jenen

Leuten, von denen es heißt, »er gibt das letzte Hemd her«, obgleich er Hemden sehr wohl schätzte und nur welche von Saint-Laurent oder Cardin trug.

Aschot konnte man weder als hübsch noch als wohlgebaut bezeichnen – er war relativ klein, hatte lange Arme und zu breite Schultern –, doch wenn er, an seiner kleinen Pfeife paffend, begeistert zu erzählen anfing oder zu schauspielern, verliehen Künstlertalent und Geschmeidigkeit ihm unvermittelt Schönheit. Seine Rede – und zu reden liebte er – bestand aus einer gekonnten Verschmelzung von Worten und Gesten, und wenn man ihn anschaute, ihm zuhörte, vermochte man ihn so wenig zu unterbrechen, wie man eine gut gesungene Arie unterbricht. Aber er konnte auch selbst zuhören – eine Eigenschaft, die redefreudigen Leuten im allgemeinen abgeht, und in Bezug auf Einfallsreichtum vermochte ihm niemand das Wasser zu reichen. Ebenso unübertroffen war er als Organisator von Studentenfeten, als Autor ätzender Epigramme und lustiger, schonungsloser Karikaturen, die die gewohnte Tristesse der Wandzeitungen belebten. Schließlich war Aschot und kein anderer der Urheber aller weitreichenden und oft genug unerfüllbaren Pläne. Das Hemd konnte er gleichfalls weggeben, nur reichten seine karierten Sporthemden sowjetischen Fabrikats nicht im mindesten an die Saschkas heran.

Roman war genausowenig ein griechischer Ephebe. Teils floß russisches, teils jüdisches Blut in seinen Adern, deshalb war er mit Hakennase und großen Ohren ausgestattet und vom Wuchs her sogar noch etwas kleiner als Aschot. Zudem bissig und scharfzüngig. Nicht daß er arrogant gewesen wäre, dennoch konnten die Spitzen, die er so ganz nebenbei und ohne Nachdruck verteilte, vernichtend sein. Eine zu lang geratene Tirade vermochte er mit zwei, drei geschickt eingeflochtenen Worten jäh zu unterbinden. Aus diesem Grund war er ein bißchen gefürchtet. Auf der Leinwand agierte er als Komödiant, oft aber auch als Tragöde. Er hatte etwas von Charlie Chaplin an sich, das sich friedlich mit Buster Keaton und dem von allen vergessenen Max Linder vertrug. Seine Traumrolle war, so seltsam das klingen mag, weder Hamlet noch Cyrano de Bergerac und auch nicht der gleichfalls bei allen in Vergessenheit geratene Strindbergsche Erich XIV., der einst brillant von Michail Tschechow gespielt wurde, sondern der halbirre Minute aus den »Mysterien« von Hamsun. Doch wem, wenn nicht einmal Visconti oder Fellini, kam es schon in den Sinn, diesen Roman zu verfilmen? »Und ich würde mit dieser Rolle in die Enzyklopädie kommen, das garantier ich euch.«

Was das Hemd betrifft, das man weggibt, war die Sache nicht so klar, weil er stets Pullover trug – darunter konnte keiner schauen. Pullover freilich besaß er viele, so daß er sich ohne Bedauern davon getrennt hätte.

Das also war ihr Leben. Von morgens bis abends Proben, Vorstellungen, Aufnahmen, Konzerte, danach jedoch trafen sie sich, machten ihren Herzen Luft, indem sie über alles mögliche debattierten oder den Beatles lauschten, die sie vergötterten. Ja, das war etwas! Ein paar unbekannte Jungs aus Liverpool, und hatten doch die ganze Welt erobert, von der englischen Königin sogar den Hosenbandorden erhalten oder so etwas Ähnliches. Tolle Kerle! Das war echte Kunst.

In der Malerei kannten sie sich nicht so aus. Über Picasso gingen sie nicht hinaus, und selbst der schreckte sie bisweilen ab. Eine Zeitlang begeisterten sie sich für Salvador Dali; Saschka hängte sogar eine Reproduktion des berühmten Elefanten auf langen dünnen Beinen bei sich auf, die er irgendwo aufgetrieben hatte.

Natürlich gab es auch Frauen in ihrem Leben, doch die wurden ferngehalten, nur in Ausnahmefällen einbezogen – an Feier- oder Geburtstagen. Aschot hatte Henriette, seine Französin, und war aus Gründen, die niemand kannte, schon vor längerer Zeit von einer anderen Frau geschieden worden. Roman hatte sich zum Glück gleichfalls scheiden lassen, doch erst vor kurzem. Und Saschka war überzeugter Junggeselle. Wenn er sich mit Mädchen einließ, dann nur vorübergehend. Eine feste Freundin hatte er nicht.

Die Mütter mochten die drei Freunde sehr. Saschkas Mama, Vera Pawlowna, arbeitete als Bibliothekarin im Haus der Roten Armee, die von Aschot, Ranusch Akopowna, als Buchhalterin beim Rundfunk. Viel Geld brachte das nicht, sie lebten bescheiden, hauptsächlich von den Einnahmen der Kinder. Die Kinder aber, Gott sei's gedankt, tranken nicht (nach sowjetischen Maßstäben) und waren auch sonst keine Geizkragen. Wenn Aschot und seine Mutter mal knapp bei Kasse waren, sprang Saschka sofort in die Bresche, hatte er selber kein Geld, trieb er es irgendwo für sie auf: »Schon gut, schon gut, Ranusch Akopowna, über die Prozente reden wir später«. Roman seinerseits hatte goldene Hände. Als in Saschkas Küche eines Tages fast die Decke eingestürzt wäre – die Mieter über ihm waren weggefahren und hatten vergessen, den Wasserhahn zuzudrehn –, brachte er die ganze Renovierung mit Verputzen und Malern in drei Tagen über die Bühne. Aschot dagegen betreute alle drei Haushalte in Punkto Elektrotechnik, einschließlich Radio und Fernsehn. Mit einem Wort: »Einer für alle, alle für einen« – so lautete die wichtigste Devise der vorrevolutionären Scouts und unserer sowjetischen Musketiere.

Ihre Arbeit nahmen die drei ernst. Saschka studierte den Prinzen in »Dornröschen« ein, er wurde gelobt, möglicherweise sogar zu sehr, wie zumindest Aschot meinte. Roman, dem zwar nicht gerade die Hauptrolle in einem Film übertragen worden war, aber immerhin die zweitwichtigste, spielte einen neurasthenischen Alten, halb Philosoph, halb Alkoholiker. Aschot arbeitete an einer eigenen Komposition, einer poetischen Vokalmusik nach Motiven des spanischen Bürgerkrieges zu Versen von Garcia Lorca.

Doch Arbeit hin, Arbeit her, man mußte auch irgendwo über sie sprechen. Und überhaupt.

Im Westen ist das bedeutend einfacher. Das Wohnungsproblem existiert faktisch nicht. Schlimmstenfalls mietet man ein kleines Mansardenzimmer, wo man Damen empfangen oder sich einfach treffen kann; auch Cafés, die sich dafür eignen, gibt es zu Tausenden. In Rußland sieht es damit ziemlich schlecht aus.

Im allgemeinen ging es folgendermaßen vonstatten:

»Wann bist du heute frei?«

»Acht, halb neun.«

»Und du?«

»Gegen elf ist voraussichtlich die Schminke runter.«

»Alles klar. Dann also halb zwölf bei mir. Ihr braucht nichts mitzubringen, was nötig ist, hab ich da.«

Mit »was nötig ist« war natürlich der halbe Liter gemeint. Manchmal handelte es sich auch um ein paar Fläschchen Wein, doch das passierte seltener.

Am besten saß es sich bei Roman, er lebte allein. Die beiden andern hatten ihre Mütter, zwei liebe alte Frauchen, doch »alt« wurde nur so hingesagt, in Wirklichkeit waren sie weit vom Rentenalter entfernt und noch berufstätig. Nun ja, die eine von ihnen hatte eine Vorliebe für alle möglichen Tellerchen und Gabelchen und war stets in Sorge, es könnte kein gebügeltes Tischtuch zur Stelle sein. Die andere maß gebügelten Tischdecken keine allzu große Bedeutung bei, war dafür aber nicht abgeneigt, immer mal eine nette Bemerkung in die Debatte zu werfen: »Zu unserer Zeit galt es als unschicklich, einander ständig ins Wort zu fallen. Man muß zuhören können, das ist eine große Kunst.« – »Dann beherzige diese

Kunst«, belehrte sie, nicht eben liebenswürdig, das Söhnchen, und die Mutter verstummte gekränkt. Doch nicht für lange, denn sie redete zu gern über die große Kunst: »Also nein, wie kann man bloß Moore, Miró oder wie sie da alle heißen mit unserem Antokolski vergleichen, was für eine Trauer in seinem ›Spinoza‹, wie viele Gedanken!« Seither hieß Aschots Kemenate »Bei Spinoza«, Saschkas Zimmerchen bekam den Spitznamen »Maxim's« – zu Ehren des Pariser Restaurants, das nach ihrer Meinung das eleganteste auf der ganzen Welt war. Romkas Zufluchtsort im siebenten Stock, dessen Fenster auf einen tiefen Lichtschacht hinausführte, wurde von einigen als »Höhle« tituliert, die Freunde jedoch bevorzugten die Bezeichnung »Turm«, wie bei Wjatscheslaw Iwanow, wo sich einst die Creme der russischen Intelligenz versammelt hatte.

Also dann, sagen wir mal, um halb zwölf bei Roman im »Turm«. In der Mitte stand ein runder schwarzer Tisch. Keine Decke, nicht mal ein Stück Zeitung; wenn etwas verschüttet wurde, wischte Romka es sofort wieder weg, er war ein akkurater Mensch. Um den Tisch gruppiert ein Wiener Stuhl, ein Hocker und ein altertümlicher Sessel mit hoher Lehne und rissigem Leder, dafür aber mit Löwenköpfen an den Armlehnen. Anfangs knobelten sie im Scherz, wer darin sitzen durfte, denn jeder wollte den Sessel, doch in der Hitze der Debatte geriet das in Vergessenheit, und man richtete sich sogar auf dem Fußboden ein.

Auf dem Tisch stand eine Kristallkaraffe, die Roman den Ruf eines Ästheten eingebracht hatte; wenn der Wodka ausgeschenkt wurde, klangen darin lieblich die Eiswürfel. Die übrigen Gläser waren gewöhnliche »Stamper«, wie man im Volksmund sagt, entbehrten aber gleichfalls nicht einer gewissen Ästhetik. Als Sakuski dienten zumeist Kaulköpfe in Tomatensauce, mitunter auch Fisch in Gelee (wenn er zu haben war).

Man diskutierte über den Prozeß gegen Sinjawski und Daniel, der alles andere in den Hintergrund gedrängt hatte. Alle drei fühlten natürlich mit den Angeklagten, waren sogar stolz auf sie – es gab sie also doch noch, die russische Intelligenz –, trotzdem bezichtigte Aschot Sinjawski der Zwiegesichtigkeit: »Wenn einer Abram Terz ist, und ich bin für Abram Terz, kann er nicht zugleich Sinjawski sein, der diese und jene Artikelchen für die Sowjetenzyklopädie schreibt. Entweder – oder ...«

»Und wovon soll er leben?«

»Von seinem Buch über Picasso, das er immerhin geschrieben hat.«

»Nun gut, er hat es geschrieben, und weiter? Übrigens spart er auch darin nicht an Sowjetvokabular. Gleich satzweise findet es sich.«

»Dann kann er eben nicht Terz sein.«

»Er möchte es aber. Und er ist es geworden. Dafür gebühren ihm Ehre und Ruhm!«

»Nein, nicht dafür. Weil er nicht abschwört, deshalb.«

»Moment, Moment, darum geht es hier nicht. Die Frage ist doch, ob man zugleich ...«

»Man kann!«

»Kann man nicht!«

»Und ich sage – man kann! Ich werde es dir beweisen ...«

»Still doch«, schaltete sich der dritte im Bunde ein, »laßt uns in Ruhe darüber reden, nicht so hitzig.«

Nun wurde der Versuch unternommen, die Sache in Ruhe anzugehen und weniger hitzig, doch das hielt nicht lange vor. Sie zogen Parallelen und wendeten sich der Vergangenheit zu, dabei stolperten sie über Bucharin.

»Wißt ihr eigentlich, daß er vor seiner Verhaftung in Paris war?« rief aufgebracht Aschot, der Hauptpolemiker. »Er wußte, daß man ihn festnehmen würde, und kam trotzdem zurück. Was soll man davon halten?«

Saschka winkte verächtlich ab. »Ihr immer mit eurer Politik. Ich interessiere mich nicht dafür, zum Teufel damit.«

»So ist halt unser Jahrhundert, gnädiger Herr. Ob man will oder nicht, man macht sich schmutzig. Dein geliebter Picasso zum Beispiel hat ›Guernica‹ gemalt. Und die ›Friedenstaube‹. Sie sind Mitglieder der Partei, diese Hurensöhne, er und auch Matisse ...«

»Ich dagegen bin es nicht. Und du genausowenig. Du auch nicht. Weshalb also?«

»Wir leben in einem anderen Staat, sehn besser durch.«

»Dafür haben sie sämtliche Zeitungen zur Verfügung, könnten also ein bißchen mehr wissen als unsereins.«

»Schon gut, laßt es endlich genug sein. Hört euch lieber an, was der nicht ganz unbekannte Oscar Wilde gesagt hat. Und der kennt sich in solchen Dingen schließlich aus.«

»In welchen Dingen?«

»In der Kunst.«

»Ich weiß, was beispielsweise Lenin über die Kunst gesagt hat. Die massenwirksamste aller Künste ist ...«

» ... Der Film. Darum arbeite ich ja auch für den Film.« Roman verschwand für einen Moment in der Küche und kam mit einem Viertelliter zurück. »Na los, trinken wir auf Oscar Wilde.«

»Trinken wir vor allem auf Dorian Gray.« Saschka füllte die Gläser. »Ein unglaublicher Bonvivant. Ich beneide ihn.«

»Und du bist ein ganz gewöhnlicher sowjetischer Wüstling im Käfig. Nur deshalb beneidest du ihn. Ein stiller, potentieller Wüstling.«

»Du dagegen bist ein Dickschädel. Allerdings kein potentieller.«

»Und du, wenn du so redest, ein Mistkerl. So einem hab ich nun meine letzte Flasche spendiert, die eigentlich zur Ausnüchterung gedacht war!«

»Schluß!« Aschot sprang auf. »Das Wort hab jetzt ich.

Laßt uns über den elementaren Egozentrismus der Existenz reden.«

Und es ging in eine neue Runde.

Das Unsinnige ihrer Gespräche, das Springen von einem Thema zum anderen, das Bestreben, geistreich zu sein, der Schnapsdunst – all das hinderte sie in keiner Weise daran, ernsthaft die Haltung der Angeklagten zu beurteilen; in erster Linie waren sie stolz auf die beiden. Genauso ernsthaft bewerteten sie die Tatsache, daß die bedeutendsten Künstler der Welt sich allzu leicht kaufen ließen ... Für sie jedenfalls waren Ehre, Pflicht, Gewissen, Würde keine hohlen Begriffe.

Einmal brachten sie, müde nach den Vorstellungen und Konzerten, einen ganzen Abend damit zu, herauszufinden, weshalb in der gegenwärtigen russischen Sprache gewöhnliche Begriffe einen genau entgegengesetzten Sinn erhalten hatten. Ehre und Gewissen bedeuteten, wie sich herausstellte, nichts anderes mehr als die Verkörperung der Partei. Arbeit wurde ausschließlich als etwas Edles dargestellt, während doch alle wußten, daß sich in höchstem Maße Faulenzertum und Diebstahl dahinter verbargen. Das Wort »Verleumdung« wurde nur noch ironisch aufgenommen: »Ich hab gestern die ›Stimme Amerikas‹ gehört. Man verleumdet uns, wieder Getreide in Kanada zu kaufen. Und behauptet, daß man den Wodka im Volksmund nur noch ›das Korn Amerikas‹ nennt. Und wie ist es mit dem Enthusiasmus? Ein Junge fragt seinen Vater, was das sei. Er erklärt es ihm, und der Kleine darauf: ›Wieso heißt es dann immer – alle stimmten enthusiastisch dafür? Ich dachte, es bedeutet so was wie: das muß so sein, es wurde befohlen. Die Leute sahen dabei doch so gelangweilt aus ...‹ Oder die Öffentlichkeit, was ist darunter zu verstehen? Die mongolische Öffentlichkeit protestiert, die sowjetische ist empört ... Wo ist sie aber, wie sieht sie aus? Die Öffentlichkeit gibt es einfach nicht, sie ist verschwunden, hat sich in Nichts aufgelöst.«

Dennoch war die verdammte Politik, die überall ihre stinkende Nase hineinsteckte und dadurch möglicherweise erst die erbitterten Dispute hervorrief, für sie nicht das Wichtigste. Das Wichtigste bestand darin, zu ergründen, was man tun muß und auf welche Weise. In ihrer geliebten Kunst etwa, denn sie waren angetreten, ihr, wie auch immer, das ganze Leben zu weihen. Mit fünfundzwanzig ist es unabdingbar, sich nicht nur in eine Person, sondern auch in eine Sache zu verlieben.

Alle drei hielten einander für begabt. Sehr sogar. Kategorisch und rücksichtslos, wie die Jugend nun mal ist, machten sie sich an die Lösung der durchaus nicht immer lösbaren Probleme.

Mit besonderem Eifer frönte Aschot dieser Beschäftigung. Roman fuhr oft weg, war für mehrere Tage, manchmal auch für einen Monat mit seinem Team zu Filmaufnahmen unterwegs. Dann blieben Aschot und Saschka allein zurück, und es begann das, was Saschka »Pädagogik« nannte. Stets und ständig mußte Aschot jemanden belehren. Ein sowjetischer Pestalozzi. Das Problem nämlich war: Aschot hielt Saschka nicht einfach für einen begabten Tänzer mit den denkbar besten Voraussetzungen, sondern auch für einen Schauspieler. Für einen guten Theatermimen.

»Begreif doch, du Dummkopf, daß du weit mehr machen könntest als jetzt.« Er holte seine Pfeife hervor, steckte sie an und begann mit den Belehrungen: »All diese Battements, Pas-de-deux und Pas-de-quatre kriegst du hervorragend hin, vielleicht sogar besser als andere. Doch du bist jung und dämlich, vor allem dämlich, kapierst nicht, daß Ballett mehr ist als bloßes Herumhopsen und den Ballerinen an die Titten grapschen. Ballett – das ist Theater. In erster Linie Theater.«

»Ach, Arkadi, was redest du da.« Dieser Turgenjewsche Satz wurde immer dann zitiert, wenn Aschot zu sehr in Eifer geriet.

»Unterbrich mich nicht ... Ballett, jawohl, das ist Theater. Oder anders ausgedrückt, es bedeutet Darstellen, Verkörpern, Verinnerlichen. Nun gut, du tanzt deinen Prinzen in ›Dornröschen‹, die Mädchen himmeln dich an, werfen dir Schmachtblicke zu, vielleicht krepiert sogar jemand vor Neid. Aber was, du mußt schon entschuldigen, gibt es bei deinem Prinzen denn zu spielen? Nein wirklich, du brauchst eine Rolle. Eine richtige Rolle. Die mußt du dir suchen. Und finden. Und die ganze Welt damit in Erstaunen versetzen. Wie Nishinski mit Petruschka.«

»Aschotik, mein Guter, für einen Petruschka braucht es einen Djagilew. Und wo soll ich den hernehmen?«

»Ich bin dein Djagilew. Ich! Du mußt nur auf mich hören.«

Unter all seinen Talenten – und Aschot war in der Tat begabt: er besaß sowohl Stimme, eine Art sympathischen Bariton, als auch Gehör; er war vielseitig, konnte hervorragend Leute imitieren; er malte nicht übel und schrieb auch hin und wieder –, unter all seinen Talenten also stellte er selbst das des Regisseurs am höchsten. Die Szenarien für seine Konzertprogramme schrieb er selbst, und er inszenierte sich auch selbst. Sein Traum war es, ein eigenes Studio zu gründen, junge Leute um sich zu scharen, die begeisterungsfähig und auf der Suche waren. Mit ihnen wollte er dann Hochkarätiges bieten: Die Lorbeeren Jefremows und des »Sowremennik« ließen ihm keine Ruhe. Und alles aus purem Enthusiasmus, in Wohngebietsklubs, nachts.

»Irgendwas in der Art der ›Westside Story‹, verstehst du? Hast du's bei Judenitsch gesehen? Ein Traum! Kein bißchen schlechter als der Film.«

Saschka kannte nur den Film – von einer geschlossenen Veranstaltung –, er war ganz hin gewesen.

»Wir greifen uns Wolodin, Rostschin, Schpalikow oder irgend jemanden von den Jungen, die Musik bestellen wir bei Littke, und sie schreiben uns ein Ballett, ein modernes Ballett. Warum denn nicht? Moissejew hat ja auch mit dem ›Fußballer‹ angefangen. Na bitte, und wir beginnen mit dem ›Taucher‹. Ein Unterwasserreich, Sadko, Nymphen, Froschmänner mit Masken und Harpunen, Atom-U-Boote ... Die Welt wird staunen!«

So konnten sie, ohne auf die Zeit zu achten (einmal fing das um zehn Uhr abends an und endete erst, als die Metro schon wieder fuhr), die ganze Nacht hindurch über die Granitplatten der endlosen Kais spazieren, rund um den Ehernen Reiter, hin und her auf dem Marsfeld. Bei jedem Wetter, bei Regen, Schnee und Glatteis. Sie rutschten aus, fielen hin, lachten. Und schmiedeten Pläne, schmiedeten ...

Vielleicht waren das die schönsten Tage in ihrem Leben, dieses nächtliche Umherstreifen. Alles lag noch vor ihnen. Und Pläne über Pläne. Einer verlockender als der andere.

»Na was ist, ziehn wir wieder los, machen Pläne?«

»Auf geht's.«

Mein Gott, Jahre später würden sie an diese Tage und Nächte vielleicht mit einem Anflug von Humor zurückdenken, auf jeden Fall jedoch voller Zärtlichkeit und Wehmut, waren diese Erinnerungen doch ungetrübter als die an ihre erste Liebesnacht. Keinerlei Differenzen, Streitigkeiten, Kränkungen, und wenn es sie einmal gab, waren sie sofort vergessen; alles war unglaublich leicht, ohne jede Spur von Verdruß. Sie wurden einander nicht zur Last und die Füße nicht müde, vom Litejny zum Dworzowy zu laufen, über die Brücke zur Börse. »Na los, bis zu den Sphinxen und wieder zurück« – doch heraus kamen sie erstaunlicherweise am Matrosendenkmal »Steregustschi«. Vergessen aber waren die stinklangweiligen Breshnews, Kossygins, der Friedenskampf, die fortschrittlichen Kreise und aller sonstige Quark.

Mit Wolodin und Rostschin klappte es natürlich nicht, und so beschloß Aschot, sich selber ans Werk zu machen. Irgendwie verschlug es sie in ein Kino, wo ältere Filme wiederaufgeführt wurden, und sie sahen den »Mantel« mit Roland Bykow. Beim erstenmal hatten sie den Film schnell vergessen, doch nun inspirierte er sie plötzlich.

»Das ist es! Du bist Akaki Akakijewitsch!« platzte Aschot heraus. »Du und kein anderer! Ich werde den ›Mantel‹ zum Ballett machen!«

»Da sei Gott vor.« Saschka lachte. »Akaki Akakijewitsch kommt mit Mühe zum zweiten Stock hoch ...«

»Falls nötig, bring ich sogar die altväterlichen Gutsbesitzer zum Springen. Wenn ich bloß die richtige Musik hätte ...«

Und Aschot stürzte sich auf Gogol.

Saschka war für den Moment gleichfalls fasziniert, doch er schwebte in Regionen, die nicht ganz so hoch reichten. »Ich bin kein Stratege, ich bin Taktiker«, erwiderte er und rannte, obwohl er am Morgen nach den nächtlichen Spaziergängen kaum die Augen aufbekam, zu seinen Proben.

Dennoch ließ er sich in das von Aschot erdachte, vergnügliche Spiel hineinziehen. In diesem Spiel aber würde – zumindest für Aschot, das lag klar auf der Hand – das Ballett zu einem neuen Begriff werden. Es würde jenem russischen, das zu Beginn des Jahrhunderts in Paris Triumphe gefeiert hatte, in nichts nachstehn. Ganz und gar nicht. Und könnte ein Wunsch Berge versetzen, so würde sich der Ararat über der Admiralitätsspitze erheben.

3

Als die Arbeit am »Mantel« ihren Höhepunkt erreicht hatte, kam das Auslandsgastspiel über Saschka.

»Na schön, fahr los und erobere die Welt«, sagte Aschot, »wenn ihr wieder zurück seid, bin ich mit allem fertig.«

Und Saschka flog ab.

Das Gastspiel verlief, soweit man das verfolgen konnte, erfolgreich – selbst die »Stimme Amerikas« berichtete darüber. Es wurde sogar um zwei Wochen verlängert, das Ensemble würde in die USA weiterreisen, hieß es.

Der leitende Dramaturg, Pupkow, früher zurückgekehrt als die anderen, weil entweder seine Frau erkrankt oder die Mutter gestorben war, erzählte, daß Kunizyn außerordentlich gut angekommen sei – immer wieder Vorhänge, Blumen, Mädchen, die ihn umschwärmten. Und er trinke nicht.

Dann hörte man eine Weile nichts mehr. Kein Anruf aus Kanada, auch die »Stimme« hatte sich aktuelleren Themen zugewandt.

»Sie versorgen nun die Provinz«, verkündete Roman. »Sind nach Klondike gefahren, zu den Goldgräbern, um ›die Kunst in die Massen zu tragen‹.«

Plötzlich jedoch ...

Eines Nachts gegen eins, als alle schon schliefen, tauchte Roman bei Aschot auf. Völlig aufgelöst, so daß Ranusch Akopowna, Aschots Mutter, direkt erschrocken war.

»Was ist denn mit dir los?« fragte Aschot verblüfft. »Einen anderen Zeitpunkt konntest du dir wohl nicht aussuchen?«

»Hast du ein Radio?«

»Ja, aber es geht nicht, die Batterien sind leer. Was ist passiert?«

»Nichts weiter, als daß Saschka getürmt ist.«

»Moment mal, was heißt getürmt?«

»Na, wie ich's sage – abgehaun. Er hat um Asyl gebeten.«

Aschot verschlug es die Sprache.

»Du spinnst, das kann nicht sein!«

»Einer ihrer Musikanten, der Flötist Goschka, hat's mir erzählt. Er will es gehört haben.«

»Über die ›Stimme‹?«

»Was weiß denn ich, ob über die ›Stimme‹ oder BBC.«

»Er lügt, dein Musikant, er muß was verwechselt haben ...«

»Schon möglich. Ich kann nur wiedergeben, was mir zu Ohren gekommen ist. «

Sie schwiegen lange. Aschot begann nach der Pfeife zu suchen, was ein Zeichen seiner Erregung war.

Seine Mutter fragte aus dem Nebenzimmer: »Gibt's Unannehmlichkeiten?«

»Nein, nein, es ist nichts weiter, ein bißchen zu viel Schnaps ...« Er legte den Finger auf die Lippen: »Zur Mutter erst mal kein Wort.«

Keine Frage, sie waren beide wie betäubt. Roman ging nicht erst nach Hause, übernachtete bei Aschot. Sie quetschten sich zu zweit auf das durchgelegene Sofa, konnten und konnten nicht einschlafen.

»Ich glaub's nicht, ich glaub's einfach nicht«, flüsterte halblaut Aschot. »Gewiß, er ist ehrgeizig und will berühmt werden, er hat sich an seinem Erfolg berauscht, die Augen blitzen, und es blitzen die Zähne, wie man so sagt. Ein Kritiker soll geschrieben haben, er sei ein zweiter Nurejew, aber er ist eben nicht Nurejew, er braucht mehr als Ruhm.»

»Ruhm bedeutet viel, alle brauchen ihn.«

»Aber ohne uns nützt ihm das nichts. Glaub mir, ich kenne Saschka wie mich selbst.«

»Dein Verhältnis zum Ruhm ist ganz anders, Aschot.

Du verachtest ihn nicht, durchaus nicht, kennst jedoch seinen Preis. Ruhm macht blind, aber du bist unser Falkenauge.«

»Begreif doch, Romka, er ist Leningrader, einer aus Petersburg, er kann nicht existieren ohne die Admiralitätsspitze und das Haus auf der Moika, ohne das Schwarze Flüßchen, ohne uns beide, ohne seine Mutter. Er kann es einfach nicht!«

»Wie du siehst, kann er es durchaus. Und auch du wirst es eines Tages können, wenn du dich mit deiner Antoinette zum Standesamt trollst.«

»Mit Henriette! Aber das ist etwas völlig anderes. Ich würde ja auch hierbleiben mit ihr, wirklich, doch sie will nicht, unter gar keinen Umständen. Ich hab's schon mehrfach versucht. Nichts zu machen ...«

»Und worin liegt der Unterschied? In dem, was man liebt? Du liebst deine Pariserin und er den Erfolg. Auch gegen diese Versuchung, Aschot, kommt man nicht so leicht an. Dafür braucht es nicht bloß die Wadenmuskeln.«

»Großer Gott ...« Aschot klopfte mit Inbrunst die Pfeife aus und rauchte sie erneut an. »Wie werden wir jetzt weitermachen?«

Sie schlossen in dieser Nacht kein Auge mehr. Eilten in aller Herrgottsfrühe zum Kirow-Theater, sich umzuhören. Das Ensemble war unterwegs – ein Teil in Kanada, der andere in Kiew –, die paar Leute aber, die sie im Korridor antrafen und ansprachen, sagten kein Wort, waren von ihren eigenen Problemen voll in Anspruch genommen. Goschka, der Flötist, war nirgends aufzutreiben, und die anderen Musiker waren auf Bier aus.

Am dritten oder vierten Tag erfuhr Romka von der Sekretärin Elvira, die eine Schwäche für ihn hatte, daß sich das Gerücht bestätigt habe; die Verlängerung des Gastspiels in Kanada sei abgesagt worden, die gesamte Truppe würde Anfang nächsten Monats wieder hier sein.

»Da hat er sich also abgeseilt, unser Saschka«, seufzte die rothaarige Elvira, ohne großen Vorwurf in der Stimme, und schaute dabei Romka an.« Wer hätte das gedacht? Könnten Sie sich zu so was entschließen? Immerhin hat er seine Mutter hier ...«

Plötzlich war da ein Riß, alles war farblos geworden. Sie liefen mit düsteren Mienen umher, versuchten bei Bekannten mit Kofferradios in Erfahrung zu bringen, ob jemand was gehört hatte. Doch die Störsender funkten wie verrückt dazwischen, niemand konnte auch nur einen Fetzen aufschnappen. Einer kam aus Komarowo zurück und erzählte, er hätte ein bißchen was mitgekriegt, könne sich aber keinen rechten Reim darauf machen. Saschka sollte über irgendeinen Zaun gesprungen sein, sich aus einem Restaurant abgesetzt und die Koffer im Hotel zurückgelassen haben. Ein einziger Wirrwarr.

Aschot und Roman konnten sich nicht damit abfinden, daß Saschka das vor ihnen geheimgehalten hatte. Er konnte diesen Entschluß doch nicht einfach so, von einer Minute auf die andere gefaßt haben, nachdem er mal kurz die faulige Luft dort geschnuppert hatte. Ganz offensichtlich hatte er sich vorbereitet, alles beizeiten durchdacht. Nicht mal im Suff hatte er sich auch nur andeutungsweise verraten.

»Und am letzten Abend, sein ständiges ›in brüderlicher Liebe‹ – was sollte das dann noch? Das ist doch irgendwie hirnverbrannt!« Aschot wütete, zog ununterbrochen an seiner Pfeife, konnte einfach nicht begreifen, daß der ehrliche und stets offenherzige Saschka, der ohne jeden Hintergedanken war und in dessen Hirn man lesen konnte wie in einem aufgeschlagenen Buch, sich heimlich auf irgend etwas vorbereitet hatte. »Er kann so etwas nicht, er ist nicht der Mann dafür, es hätte nicht geklappt. Irgendwann, und wenn's mit einer Silbe gewesen wär, hätte er sich verplappert. Ich kapier's einfach nicht. Und seine

Mutter? Himmel, die überlebt das nicht! Dabei liebt er sie doch, der Hundesohn. Wenn ich nur halb so aufmerksam und fürsorglich wäre … Deshalb die verstohlenen Tränen beim Abschied. Es war ja fürs ganze Leben! Und sie werden Vera Pawlowna von der Arbeit feuern, das ist so sicher wie das Amen in der Kirche …«

Roman verbarg seine Gefühle.

»Seien wir doch Realisten. Mutter hin, Mutter her, Saschka – du kennst ihn ja mit seinem ständigen ›Ich möchte berühmt werden‹ – will tatsächlich Ruhm. Und er bekommt ihn, du wirst sehn. Er wird Rudolf in den Schatten stellen, der jetzt schon an die Vierzig ist. Sie haben sich an Saschka herangemacht, da bin ich ganz sicher, er ist bei ihnen groß angekommen, das ist mal Fakt, und hat sich sonst was eingeredet: daß er seiner Mutter Pakete und Klamotten schicken, sie letztlich nachkommen lassen wird, daß die Zeit vergeht und mit ihr Breshnew, daß der neue … Kurz und gut, sie haben ihn gekauft, unseren Saschka. Es ist natürlich bedauerlich, doch sie haben Saschka gekauft.« Und traurig fügte er hinzu: »Da werde ich also ganz allein zurückbleiben. Du mit deiner Pariserin machst dich ja gleichfalls aus dem Staub.«

Aschot gab ein undeutliches Stöhnen von sich.

Anfang Juli kamen die »Kanada-Reisenden« zurück. Verstört und niedergedrückt. Beim Zoll hatte man sie drei Stunden lang gefilzt, wenn's reichte, ihnen gerade mal ein Paar Jeans gelassen (dabei hatte jeder an die fünf Paar mitgehabt), in sämtlichen Taschen und Täschchen gewühlt, sogar die Zeitschriften über Fußball und Hockey konfisziert.

Saschka aber – das berichteten die Kollegen böse, mit nur schlecht verhohlenem Neid – war tatsächlich aus dem Restaurant getürmt. Eine Stunde vor dem Abflug, bevor der Bus sie abholen sollte. Er war einfach aufgestanden, ohne seinen Kaffee auszutrinken, im Sinne wie

›ich bin gleich wieder da‹, und alle dachten, er wolle zur Toilette oder telefonieren. Doch er ward nicht mehr gesehn. Die Koffer mit Inhalt ließ er zurück. Er wohnte mit Timofejew, dem Zweiten Geiger, in einem Zimmer, sie waren mit Ausnahme der Chefs alle zu zweit untergebracht. Aschot und Roman gelang es nur mit Mühe, etwas aus Timofejew herauszuholen, doch am dritten Tag überredeten sie ihn, schleppten ihn ins »Wostotschny«. Was er von sich gab, war ziemlich diffus – vielleicht hatte man ihn verdonnert, nicht zu reden, vielleicht hatte Saschka ihn aber auch nur geschickt getäuscht. Jedenfalls hatte sich Saschka, wie Timofejew berichtete, nicht übermäßig von den anderen abgesondert, war auch nicht mit Weibern losgezogen – in dieser Hinsicht ging es sehr streng zu, man hatte gedroht, jeden unverzüglich nach Hause zu schicken. Arbeit aber gab es mehr als genug, abends fielen sie todmüde ins Bett.

»Na, und er selbst? Ist dir was aufgefallen? War er aufgeregt, irgendwie nervös?«

»Eigentlich nicht. Nun ja, die letzten ein, zwei Tage vielleicht. Aber da waren wir alle nervös, rannten durch die Geschäfte, zählten unsre Mäuse. Natürlich haben sich die Weiber an ihn rangemacht, aber langgelegt hat er, glaub ich, keine.«

»Er muß doch mit irgendwem verhandelt haben, ohne das geht's ja gar nicht. Mit wem hat er sich getroffen?«

»Was weiß ich. Er hat immer mal telefoniert, in Englisch oder Französisch, keine Ahnung, ich bin da völlig unbeleckt.«

Die beiden brachten nichts sonst aus diesem stupiden Geiger heraus, der durch all die Vorgänge im Ausland aufs höchste verschreckt war. Außerdem hätte man ihm um ein Haar den in Kanada erstandenen Geigenbogen wieder weggenommen, für den beinahe sein ganzes Geld draufgegangen war und dessentwegen er fast nichts gefressen hatte. Sujew, wenn auch sonst ein Miststück, half ihm aus der Patsche, verwendete sich für ihn – ein Geigenbogen war schließlich etwas anderes als Jeans.

Aschot und Roman drückten sich abwechselnd im Theater herum. Dann fuhr Roman zu Filmaufnahmen, Aschot blieb allein zurück und blies nun gänzlich Trübsal. Im Theater, wo ihn fast alle kannten – immerhin war er Kunizyns engster Freund gewesen –, bedachte man ihn mit teils spöttischen, teils schadenfrohen Blicken. »Was denn, ist euer feines Kollektiv auseinandergefallen?« stichelte eines Tages, albern kichernd, Bolschuchin, der für Saschka ins Auge gefaßte Ersatz. »Die Musketiere, die hausgebacken-vaterländischen, es lebe die sowjetische Variante!« Aschot bedachte ihn mit einem saftigen Fluch, doch dieses »hausgebacken« machte im Theater die Runde. Im übrigen aber empfanden alle Neid. Die Primaballerina Gotowzewa, die niemanden fürchtete – ihr Mann war beim KGB –, sprach es unumwunden aus: »Der einzige unter uns, der kein Dummkopf ist. Wir dagegen sind die blöde Masse, die bekackte graue Masse.«

Die Theaterleitung – Direktor, Stellvertreter und Parteisekretär – wurden mehrmals ins Große Haus zitiert, einzeln und auch gemeinsam, danach fuhren alle drei nach Moskau. Als sie zurückkamen, beriefen sie eine Versammlung ein. Aschot und Roman erfuhren es später von Goschka, dem Flötisten. Versammlungsleiter war jemand aus Moskau, einer vom ZK. Das Ganze sei eine Schande, ein Schmutzfleck. Wo bliebe die Erziehungsarbeit? Alle hörten Fremdsender, Zeitungen würden nicht gelesen. Das Kollektiv lasse sich gehen. Gewiß, das Gastspiel sei ein Erfolg gewesen, die Zeitungen wären des Lobes voll, doch womit hätten sie die Zeit zwischen Proben und Aufführungen verbracht? Durch die Geschäfte wären sie gerannt, wenn das keine Schande sei! Ein Theater, das einen Orden trüge und über die besten Traditionen verfüge! Na und in dem Stil weiter. Im übrigen aber gelte es, wachsam zu sein und nochmals wachsam, man dürfe sich nicht provozieren lassen. Danach stammelte Sujew, daß sie nicht genügend aufgepaßt, die Zügel zu sehr hätten schleifen lassen. Es gehe ja auch niemand mehr zu den Politveranstaltungen. Der Direktor saß da wie bekackt – es hieß, daß sie ihm und Sujew einen strengen Verweis verpaßt hätten. Er redete dann ebenfalls über Disziplin und die Klassiker des Marxismus. Natürlich sprach auch er von Provokation, gelobte der Partei, der Regierung und Lenetschka* persönlich im Namen des Kollektivs, noch weiter, noch höher ... Da unterbrach ihn der Bonze aus Moskau: »Was heißt hier NOCH? Die Hosen strammziehn muß man den Leuten, sie rutschen ja schon fast runter!« Nikolai Nikolajewitsch geriet völlig aus dem Konzept: »Zu Befehl«, sagte er, »die Hosen strammziehn!« Im Saal ging ein Riesengelächter los. Es war ein einziger Witz.

»Witz hin, Witz her, was haben sie über Saschka gesagt?«

»Na was schon. Daß er die Heimat verraten hätte. Das Land habe so viel in ihn investiert, er aber hätte es ihm auf diese Weise gedankt.«

»Und wer hat gesprochen?«

»Wer, wer. Die den Auftrag dazu bekommen haben, ist doch klar. Bolschuchin, und natürlich die Strelzowa. Sie hat an Nurejew erinnert. Und wer noch? Ich weiß es nicht mehr. Der Leiter der Kostümbildnerei jedenfalls, ich hab seinen Namen vergessen. Saschka, so erklärte er, hätte irgendein Wams nicht zurückgegeben. Darauf platzten wieder alle vor Lachen. Zum Schluß ergriff noch mal der vom ZK das Wort. Das ZK, so erklärte er, erarbeite jetzt einen speziellen Beschluß über Gastspiele im Ausland. Es sei an der Zeit, mit der Schlamperei und dem

* Gemeint ist Breshnew.

Lotterleben Schluß zu machen. Na und so weiter, genau wie in den Leitartikeln in der ›Prawda‹. Ein finsterer Onkel. Einer aus dem Sektor für Kultur, vielleicht aber auch noch höher angebunden. Im übrigen aber hat er geredet wie alle.«

»Na, und Lilka Kaschinzowa, Saschkas letzte Flamme, hat die auch was gesagt?«

»Klar hat sie was gesagt, wie denn sonst. Es war ihr natürlich befohlen worden. Sie hat ein paar Tränen vergossen. Da soll man nun einem Menschen glauben, und so. Doch sie hat ihn nicht mit Dreck beworfen wie die anderen. Sie hat hauptsächlich geheult.«

Sie verließen das Restaurant düsterer als eine Gewitterwolke, da half selbst der Wein nicht.

»Ja«, sagte Romka beim Abschied, »Saschka hat's richtig gemacht. In dieser Welt kann man nicht leben. Sie haben uns die Ehre genommen, uns allen!«

Nach eben dieser Versammlung hatte die Gotowzewa, wie man später hörte, auch die Bemerkung über die »Masse« mit dem entsprechenden, treffenden Zusatz gemacht.

4

Es verging eine gewisse Zeit. Genügend Zeit, daß Aschots Henriette wegfahren und wiederkommen konnte. Sie war hübsch mit ihren großen schwarzen, traurigen Augen, sehr schweigsam und, wie es vielen schien, durch all die Vorgänge ein wenig erschreckt. Doch es war nicht direkt Angst, sie erwartete nur ständig irgendwelche Unannehmlichkeiten.

»Ein ganz natürliches Unvermögen, sich anzupassen«, resümierte Romka. »Für deine Antoinette« – er nannte sie beharrlich so, erweiterte das mit der Zeit sogar auf Marie-Antoinette – »beträgt der Zeitunterschied zwischen

Paris und Leningrad nicht einfach zwei Stunden, sondern zwei Jahrhunderte.«

Waren die Freunde versammelt, saß sie stets schweigsam in der Ecke, blieb sie aber mit einem der drei allein – ihr Russisch war gar nicht übel, nur das harte russische »l« wollte ihr nicht gelingen –, zeigte sie Verstand und Wissen, ließ auch eine eigene Sicht auf die Dinge erkennen und besonders eine unversiegbare Liebe zu allem Russischen.

»Ihr brauchtet bloß den richtigen Zaren«, sagte sie und lächelte, wobei sie ihre kleinen, sehr weißen Zähne zeigte. »Einen gütigen. So einen wie Fürst Rainier von Monaco.«

Rainier von Monaco kannte zwar niemand, doch wurde die Wahl nicht angefochten.

»Und bei ihm gibt's keine Kommunisten?« erkundigte sich Roman.

»Wo denkst du hin ...«

»Dann geht die Sache klar. Bloß mit dem Roulette kenn ich mich nicht aus. Wir werden alles Geld verspielen.«

Wieder eine Zeit später suchte Aschot mit seiner Henriette den Hochzeitspalast auf. Dort wurden sie von einer gestrengen Amtswalterin mit Brille und idiotischer roter Schärpe über der Brust in monotonem, kein bißchen variierendem Ton darüber belehrt, daß der Mann als ein wahrer Sowjetbürger seine Frau an unsere Sitten, unsere Kultur und Weltanschauung (die fortschrittlichste der Erde) heranführen müsse. Dann wurde der Marsch von Mendelssohn gespielt, eine Flasche Champagner geleert, und der Sowjetbürger führte seine Frau, die zwar nicht in Weiß, doch immerhin in einem hellen Kleid erschienen war (er selbst hatte den Kampf gegen die Freunde verloren, war nicht umhin gekommen, eine Krawatte umzubinden), zum Traualtar.

Ranusch Akopowna zeigte sich der Situation voll gewachsen. Die zusammengerückten Tische, unter deren Beine Pappe gelegt worden war, damit sie nicht wackelten, trugen schneeweiße Decken, auf den Decken aber funkelten Silber und Kristall (ein sehr relativer Begriff), schimmerten rosa feingeschnittene Wurst und Schinken, prangten in Schüsseln die traditionellen Salate. Vier Hühner waren gebraten worden, und aus zwei kleinen Schälchen lachte den Gästen echter schwarzer Kaviar entgegen. Zu trinken gab es gleichfalls reichlich.

Roman brachte einen Toast aus. Darin sprach er von zwei Ideologien, einer zerfallenen und einer schöpferischen, von der traditionellen Freundschaft zwischen dem französischen und dem russischen Volk, die schon durch Napoleon begründet und von seinem Neffen Napoleon III. während der Verteidigung von Sewastopol fortgeführt worden war. Nun würde sie durch den feierlichen Akt, an dem alle um den Tisch Versammelten heute teilgenommen hatten, besiegelt. Es gäbe allen Grund zu der Annahme, daß der Heldenmut der russischen und französischen Krieger, den sie in der Ebene von Borodino und am Malachowhügel bewiesen hätten, stets ein würdiges Vorbild für die Jungvermählten wäre.

»Ihr müßt es verstehen, euch zu widersetzen!« schloß er seinen von stürmischem Beifall begleiteten Toast. »Der Feind wird vernichtet werden, der Sieg unser sein!«

Danach wurde gegessen und getrunken, erst im Morgengrauen ging man auseinander. Als die Hochzeitsfeier auf dem Höhepunkt angelangt war, als schon die zusätzlichen Halbliterflaschen herbeigeholt wurden, erinnerten sie sich Saschkas. Es war Aschot, der die Rede auf ihn brachte.

»Ich finde es sehr schade, daß unser Saschka heute nicht unter uns ist«, er wies mit freundlicher Geste zu Vera Pawlowna hinüber, die ein wenig traurig wirkte und ihrer

Erregung nur schwer Herr wurde. »Wir wissen, daß es ihm gut geht, daß sein Stern, entschuldigt, wenn das banal klingt, sich entzündet hat und in hellem Glanz leuchtet. Bis zu uns reicht dieser Glanz zwar leider nicht, doch seine Strahlen erwärmen unsere Herzen. Trinken wir also auf Saschka!«

Alle klatschten einmütig und stießen freudig an. Roman konnte sich natürlich nicht zurückhalten, und um das Hochtrabende des ausgebrachten Toastes etwas zu mäßigen, rief er unter noch stärkerem Beifall: »Es lebe das Leningrader Kirow-Theater, Träger des Rotbannerordens, das seine besten Söhne auf allen Bühnen der Welt hat!«

Auch darauf wurde getrunken.

Überhaupt gedachten sie Saschkas recht lange. Mit einem gemischten Gefühl aus Groll und Freude. In Amerika hatte er bestanden. Auf Anhieb bestanden. Über ihn wurde in höchsten Tönen berichtet: Das russische Wunder! Das Phänomen von der Newa! Eine geballte Ladung an Jugend! Ein Triumph von Eleganz und Schönheit! Ein Talent, das die Tyrannei besiegt hat! Meisterschaft und Inspiration! Parallelen zu Fokin, Lifar, Wassiljew, sogar zu dem göttlichen Nishinski wurden gezogen. Ein Artikel trug denn auch tatsächlich die Überschrift: »Seine Hoheit Wazlaw der Zweite«.

Aschot allerdings empfand keine echte Freude darüber. Er spürte hinter all diesem Lob den Beigeschmack von Sensation. Aus den bruchstückhaften Nachrichten, die übers Radio oder aus hin und wieder auftauchenden ausländischen Zeitschriften zu ihnen gelangten, ersah er, daß Saschkas Erfolg in der Tat phänomenal war, und natürlich kam er nicht umhin, sich darüber zu freuen. Doch wie wichtig war es, diesen Erfolg zu untermauern, auszubauen. Würde Saschka das gelingen? Er glaubte nicht so recht daran.

Er war oft bei Vera Pawlowna. Um sie ein bißchen zu

unterstützen und gleichzeitig in der Hoffnung, so etwas wie: »Hier, eine Karte von Saschka!« von ihr zu hören. Mit einem Brief rechnete sie schon gar nicht mehr. Doch es kamen weder Brief noch Karte.

Vera Pawlowna war in der letzten Zeit sehr schmal geworden, wirkte welk und fahl, doch sie beherrschte sich. Sie weinte und klagte nicht, wenigstens nicht in Anwesenheit anderer. Wenn Aschot kam, fand er sie zumeist an Saschkas Schreibtisch, wo sie irgendwas sortierte, neu ordnete. Es gehörte sich nach ihrer Meinung nicht, etwas auf dem Tisch abzustellen oder einen Gegenstand darauf zu berühren, die Fotografien unter der Glasplatte lagen in mustergültiger Ordnung ausgebreitet da, nur eine einzige Aufnahme – sie zeigte Saschka als Kleinstkind auf den Armen des Vaters (er war noch ganz zu Ende des Krieges in Ostpreußen umgekommen) – war von ihr in einen eigens dafür gekauften Rahmen gesteckt und über dem Schreibtisch aufgehängt worden.

Aus ihrer Arbeitsstelle wurde Vera Pawlowna, so seltsam das sein mochte, nicht entlassen, mehr noch, sie spürte Anteilnahme, bemerkte Zeichen rührender Aufmerksamkeit – hier und da ein Blümchen auf dem Tisch –, zu ihrem Namenstag bekam sie sogar einen wunderschön aufgemachten Bildband in französischer Sprache: »Die Welt des Tanzes«. Selbst die Direktorin Ljudmila Afanassjewna, eine, so schien es stets, trockene, garstige Person, kam einmal, als niemand weiter im Zimmer war, auf sie zu, faßte sie bei den Schultern und sagte: »Ich verstehe alles, Verotschka, alles« – es war das erste Mal, daß sie die Mutter Saschkas einfach beim Vornamen nannte –, »und Sie sollen wissen, daß wir nichts auf Sie kommen lassen ...« Dann ging sie hastig hinaus.

Ungefähr ein Jahr nach Saschkas Weggang – die meisten sprachen für gewöhnlich von »Flucht«, Vera Pawlowna jedoch immer nur von «Weggang« – kam eine amerikanische Jazzgruppe nach Leningrad. Eine Karte zu ergattern war unmöglich – einzig Roman schaffte es, findig wie er war, im Gegensatz zu Aschot. Dieses Gastspiel war von einem unverhofften Ereignis begleitet. Bei einem seiner fälligen Besuche traf Aschot Vera Pawlowna ungewöhnlich aufgelebt und leicht erregt an. »Ich hab hier etwas, rate mal, was es ist!« – »Eine Karte!« kam es, wie aus der Pistole geschossen, aus Aschots Mund. – »Erraten. Allerdings nicht von ihm selbst, sondern …« Sie reichte ihm eine gewöhnliche Ansichtskarte von der Peter-und-Paul-Festung. Dort stand in krakeligen Buchstaben auf Russisch: »Sehr verehrte Madame Kunizyn, ich bin in Leningrad und habe kleines Geschenk für Sie. Hotel ›Astoria‹, Zimmer 112, John Gorowez«.

Sie begannen zu überlegen und beschlossen endlich, daß am besten Aschot hinging.

Ein quirliges, an einen Gnom erinnerndes Männlein öffnete die Tür. »Sie sind ein Freund von Alexander?« fragte er auf Englisch.

Aschot, mühsam die Worte zusammenklaubend, erklärte, daß Madame Kunizyn krank sei, ihn aber bitte, dem Gast zu danken und die Sendung in Empfang zu nehmen.

Der Gnom ging zum Schrank und entnahm ihm eine ziemlich große Pappschachtel. Aschot versuchte in seinem barbarischen Englisch, etwas über Saschka zu erfahren, bekam zur Antwort aber nur ein »O-oh! Good, good! Super!«. Mehr brachte er beim besten Willen nicht aus ihm heraus. Schließlich verabschiedete er sich wieder.

Der Karton wurde unter allen Vorsichtsmaßregeln ausgepackt. Er enthielt, was Vera Pawlowna einigermaßen verblüffte, eine grellfarbene, grob gestrickte Jacke, ein Maniküreset im Lederetui, eine kleine, sehr grazile Statuette eines Tanzpaares aus Kopenhagener Porzellan, ein Gläschen Konfitüre aus unbekannten Früchten mit einem bunten Etikett drauf und ein großes, in Zellophan gewickeltes Album – ein Wunder der Polygraphie mit dem Titel: »Alexandre Kunitsyn«. Auf dem Umschlag Saschka bei einer Fouette in einem unbekannten, doch eindeutig klassischen Ballett. Das Zellophan wurde überaus vorsichtig, mit einem kleinen Federmesser aufgeschlitzt, dann schlugen sie das Album auf und lasen auf der ersten Seite auf feinstem Glanzpapier: »Meiner lieben Mamotschka von ihrem nichtswürdigen Sohn. Ich küsse dich tausendmal! Sascha.« Vera Pawlowna begann das Album sogleich fieberhaft durchzublättern und zu schütteln, doch weder ein Brief noch die kleinste Notiz fielen heraus.

»Tja«, sagte Aschot und kratzte sich hinterm Ohr, »er hätte ...«

»Er hätte ...«, wiederholte Vera Pawlowna enttäuscht und machte sich, nunmehr ohne Eile, daran, den Band Seite für Seite zu betrachten.

Meine Güte, wie schmuck er doch war! Saschka lächelte, strahlte (wenigstens ein einziges Mal hätte er für die Mutter ein nachdenkliches Gesicht machen können, dachte Aschot), er schwebte in der Luft, tanzte mit Ballerinen, eine schöner und berühmter als die andere, er verneigte sich mit einem riesigen Bukett im Arm. Saschka auf der Probe und beim Verteilen von Autogrammen inmitten der Schar seiner Verehrerinnen. Einstellung, Beleuchtung und Komposition verrieten, daß es sich beim Verfasser des Bildbandes um keinen einfachen Reporter handelte – alles war ausgezeichnet erfaßt, hervorgehoben, durchdacht. Den etwa zwanzig Fotos war eine Einleitung vorangestellt (Ranusch Akopowna, des Englischen mächtig, übersetzte den Text gleich am nächsten Tag), geschrieben von einem der bedeutendsten Theaterkritiker, wie Kenner der Szene später erklärten. Alles war vorzüglich.

Einige der Porträts gestattete Vera Pawlowna zu kopieren – nicht ohne einen gewissen Widerstand –, und schon bald verkauften clevere Leningrader Bengel sie für drei Rubel das Stück (Elvis Presley und die Beatles brachten nur jeweils einen Rubel). Eines davon war besonders gelungen. Es zeigte Saschka mit im Winde wehendem Mantel vor dem Hintergrund der Brooklyn-Brücke, und hier, so fand Aschot, hätte er durchaus ernster wirken können.

Wieder verging einige Zeit, und es trat ein, was man für unwahrscheinlich, zumindest jedoch für sehr langwierig, qualvoll langwierig, gehalten hatte: Die Nikogosjans – Aschot und seine Familie – erhielten alle drei die Ausreiseerlaubnis. Wie in solchen Fällen üblich, wurde getuschelt und gegrient – »alles klar, wir wissen schon, warum es so schnell ging« –, doch die meisten freuten sich mit ihnen und beneideten sie natürlich. Ranusch Akopowna verfiel in Hektik. Aufgeregt begann sie ihre Sachen zu ordnen, und die waren in unverhoffter Menge vorhanden. Sich von irgendwelchen Lumpen zu trennen (»Aber das war doch dein Kinderjäckchen«), von einem Bilderrahmen oder einem gesprungenen Schälchen (»Das hat mal dem Großvater gehört, das werfe ich unter gar keinen Umständen weg«), empfand sie als Verbrechen, als Undank gegenüber der Vergangenheit. Einiges allerdings konnten sie, trotz ihres Widerstands, verkaufen, anderes – die Möbel, den Kühlschrank, die Waschmaschine (»Weißt du noch, wie lange wir nach der angestanden haben?«), den Teppich mit den Schwänen – überließen sie Freunden. Die Hauptschlacht entbrannte um die »Medizinische Enzyklopädie«, die Ranusch Akopowna heimlich studierte, sobald ihre Leber zu pieken begann oder sich ein roter Fleck auf der Hand zeigte. Doch allmählich, Tag um Tag, wurde das Zimmer leerer, und schließlich, als nur noch Tisch und Sofa im Verein mit Koffern und Bündeln aller Größen übriggeblieben waren, wurde Abschied gefeiert.

Am Tag zuvor, das heißt in der vorangegangenen Nacht,

absolvierten Aschot und Roman ihren traditionellen und diesmal letzten Spaziergang entlang der Newa.

Sie begannen am Moskauer Bahnhof, brachten den ganzen Newski hinter sich, verabschiedeten sich von den Klodtschen ungestümen Jünglingen und ihren Rossen auf der Anitschkow-Brücke, von der bronzenen Zarin, inmitten ihres Gefolges (»Weißt du noch, wie man ein Netz um sie gespannt hatte, damit sich die Tauben nicht darauf niederließen? Sie aber haben trotzdem alles vollgeschissen, durchs Netz hindurch.« – »Ja, und später hat man das Denkmal mit schwarzer Farbe überstrichen, weil man dachte, die grüne Patina auf der Bronze wäre Schmutz.«). Sie nahmen Abschied von ihrem Lieblingscafé »Nord«, das in den Jahren des Kampfes gegen die Anbiederung an den Westen plötzlich zum russischen »Sewer« wurde, winkten zur »Jewropejskaja« hinüber (»Och, was haben wir da gesoffen!«), saßen im Alexandergärtchen (Saschkas!) nahe der Admiralität, überquerten den Schloßplatz und kamen am Wintergraben heraus. Und so immer weiter, die Kais entlang bis zu Peter-und-Paul.

»So ist denn, wie man in alten Zeiten schrieb, wieder eine Seite umgeschlagen«, faßte Aschot zusammen.

Ja, es war nicht leicht, diese letzte Seite umzuschlagen. Wie viele Juden hatte Aschot nach Israel verabschiedet? Zehn, fünfzehn, zwanzig? Und jedesmal dachte er: Machen sie's richtig? Er redete sich ein, daß es richtig war: Bei Issatschok durfte der Sohn nicht zur Universität, Boris Grigorjewitsch hatte gleichfalls nur seine Kinder im Sinn, wollte, daß sie in Freiheit aufwuchsen, der alte Isselson sagte, daß er sich stets als Jude gefühlt habe und auf dem Boden seiner Ahnen sterben möchte. Allen gemeinsam aber war, daß sie das Ganze einfach satt hatten. Doch wie auch immer, sie verließen ein Land, in dem sie, ob nun gut oder schlecht, ihr Leben verbracht und Wurzeln geschlagen hatten. Nun mußten diese Wurzeln, die emsig und bösartig in irgendeiner Stadt Tschop herausgerissen und besudelt wurden, sorgsam in fremden Boden versenkt, gegossen und nochmals gegossen werden …

Wie viele Gedanken gingen Aschot durch den Kopf, wenn er sich schlaflos auf seinem durchgelegenen Sofa wälzte, wie viele weise Ratschläge mußte er sich anhören, nachdem er all die idiotischen Formulare für seine Ausreise gesammelt und eingereicht hatte. Hauptopponent war Roman. Und nicht nur, weil er einen weiteren Freund verlor, sondern weil er, wie er behauptete, die Zukunft nüchtern betrachtete.

»Was wirst du, Aschot Traumtänzer, denn dort anfangen, was, frag ich? Der Sprache nicht mächtig, ein Fremder, gewachsen auf unserem Mist. Wärst du wenigstens Geiger, sähe die Sache anders aus, die machen alle ihren Weg, da heißt es ›die sowjetische Schule‹ und so. Doch wer braucht deine Liedchen, deine Kompositionen nach Texten russischer Dichter, die Anspielungen, die nur unsereins versteht? Die da drüben brauchen nicht mal ihre eigenen Dichter … Und überhaupt«, schloß Roman entschieden, »hier bist du, sagen wir mal, ein Brando, dort dagegen der letzte Dreck, verstehst du?«

Das alles begriff Aschot auch selber. Brando hin, Brando her, ein paar Platten hatte er immerhin schon produziert. Die Philharmonie griff zu, wenn er etwas anbot, das Publikum spendete Beifall. Dort aber, das stimmte, wäre er ein Niemand! Die Sprache würde er nie erlernen, das war klar, Geige spielte er nicht, und für einen Chansonnier waren nicht die Stimme wichtig, sondern Lebenskenntnis, das Wissen um die Geschmäcker, die letzten Modetrends. Ein Mime brauchte das erst recht.

Henriette war's, die ihn zu diesem Schritt trieb. Für sie war die Situation schwierig, sehr schwierig. Sie stellte nie auch nur die geringste Forderung, beklagte sich nicht, war mit allem, was Aschot sagte, einverstanden, doch ihr wurde das Atmen schwer. Sie mochte die Russen sehr, mehr noch als die Franzosen. Gewiß, was diese Leute interessierte und begeisterte, war ihr nicht immer verständlich, doch all die endlosen nächtlichen Debatten, die Feten – dieses Wort liebte sie besonders –, ja sogar die unvermeidlichen halben Liter, die ihr, der Französin, mächtig zu schaffen machten, verdrossen sie kein bißchen. Im Gegenteil, in all diesen Feten, der ganzen Lebensart – ein bißchen wirr, hektisch, angespannt, nie wußte man vorher Bescheid, alle kamen zu spät, vergaßen die Hälfte, führten einen an der Nase herum – steckte etwas, das es in ihrem Paris nicht gab: Leben! Wenn es auch kompliziert war, so bot es doch Raum für kameradschaftliche Hilfe und sogar für kleine, winzige Siege.

Und dennoch ...

»Verstehst du, Aschot«, sagte sie, wenn sie das Für und Wider ihrer Abreise abwägten, »ich liebe und begreife Rußland, und trotzdem. Euer Tjutschew hat mal geäußert, an Rußland könne man nur glauben. Mir aber fehlt der Glaube. Und überhaupt, wer glaubt denn heute noch an irgend etwas? Entscheidend allerdings ist, daß ich nicht ins Bild passe. So heißt es wohl bei euch, nicht wahr? Ich bin im Quartier Latin geboren, in der Rue Echaudé. Du weißt, was ein Echaudé ist? Eine Art Windbeutel. Aber noch etwas steckt in diesem Begriff: ›Sich verbrennen‹. Bei uns gibt es ein Sprichwort: ›Gebranntes Kind scheut das Feuer‹. Bei euch gibt es das in abgewandelter Form. Ich bin so ein Kind. Ich scheue das Feuer und hab mich trotzdem verbrannt. Sehr sogar.«

Aschot lachte. »Nur daß man bei uns nicht mal ein Wundpflaster bekommt. Deshalb werden wir auch fahren: Bei euch soll es in jeder Apotheke welches geben.«

Das Pflaster entschied alles. Die Seite war umgeschlagen.

Roman war in dieser Nacht sehr niedergedrückt. Zu all dem Kummer der letzten Tage kam ein weiterer – der Film, an dem er im zurückliegenden halben Jahr mitgewirkt hatte, war endgültig ad acta gelegt worden.

»Nun ist auch das zunichte gemacht. Alles war umsonst! Geld, Zeit, Requisiten, Dekorationen, unsere ganze Begeisterung, und die gab es ja – für nichts und wieder nichts. Es fehlt, behaupten sie, an hellen Tönen und lichten Farben, alles sei gedämpft, gedrückt, dadurch würde ein unwahres, bewußt verzerrtes Bild der menschlichen Beziehungen entstehen, die nichts mit unseren zu tun hätten ... Na und so weiter. Es ist zum Kotzen, sich diese Rückversicherer anzuhören ... Nein, Aschotik, du tust recht daran zu gehn, einen anderen Ausweg gibt es nicht.«

Aschot wollte über Dinge, an die er sich längst hätte gewöhnt haben müssen, weder nachdenken noch sprechen. Die Trauer darüber, sich von all den Steinen, Platten, Gittern, den kleinen geschwungenen Brücken, den Krylowschen Hasen und Füchsen im Sommergarten zu trennen, drängten diesen ganzen sinnlosen Kram in den Hintergrund.

»Wie seinerzeit Saschka, wiederhole auch ich nun ein ums andre Mal: ›Der Newa majestätisches Strömen, ihrer Ufer fester Granit ...‹ Das hier ist schließlich mein Leben, seit ich sechs bin. Hier bin ich zur Schule gegangen, hab das Institut besucht. Ich war an Peters Denkmal, hab an der Ingenieursburg zum erstenmal ein Mädchen umarmt ... Mir steht jetzt einfach nicht der Sinn danach, an Leute wie Baskakow und Jermasch zu denken. Ich will nicht und basta, begreif das doch, du trockener Knochen ...«

Der »trockene Knochen« begriff es. Aber er blieb allein zurück.

»Ich bleibe allein, verstehst du, allein. Diese kindliche Sentimentalität, verdammt noch mal, nie hätte ich geglaubt, daß sie auch mich packt. Aber das Umblättern dieser Seiten, einer nach der anderen, das sind für mich Peitschenhiebe immer auf die gleiche Stelle. So kindlich und naiv unser Musketierspiel auch sein mochte, es war der einzige Lichtblick. Nun aber bin ich mutterseelenallein. Die Gardisten des Kardinals haben uns besiegt. Und ich hab weder Planchet noch Mousqueton zur Seite. Ich bin allein ...«

Aschot legte die Arme um Roman. »Du wirst ein nettes Mädchen treffen, wirst sie lieben und heiraten ...«

»Das hatten wir bereits, ich weiß Bescheid, es reicht.«

»Aber Kinder hast du noch nicht. Wenn die erst mal da sind ...«

»Ich hab nichts übrig für Kinder. Genau wie Salazar, der portugiesische Diktator. Er ist der einzige, der nicht herumgelabert, sich nicht mit irgendeiner Mamlakat hat fotografieren lassen ...«

So verbrachten sie die halbe Nacht. Auf dem Rückweg über den Newski bogen sie zum Russischen Museum ab, und durch einen Spalt im Zaun verabschiedete sich Aschot von einem weiteren Zaren, der sich auf seinem Schlachtroß langweilte – von Alexander dem Dritten.

»Das war ein guter Zar«, sagte er seufzend, »trotz all dieser Pobedonoszews. Es heißt, Marja Fjodorowna, die Zarin, hätte stets gestaunt, wie und wann er es schaffte, sich zusammen mit dem Chef der Wachmannschaft zu besaufen, kaum daß sie sich gemeinsam zum Bridge oder Pokern niedersetzten. Sie verschwand für eine Minute, kam zurück, die beiden aber waren bereits selig. Wie sich herausstellte, hatte der Zar immer ein Fläschchen im Stiefelschaft. ›Na was ist, sagt man nicht, Not macht erfinderisch?‹ – ›Sie macht erfinderisch, Euer Hoheit!‹ – und sie kippten einen. Da behaupte noch einer, er sei ein schlechter Zar gewesen.«

»Heutzutage genieren sie sich nicht mal mehr. Nina Petrowna sollte bloß mal versuchen, Nikita zu hindern ...«

Zur Abschiedsfeier kamen weniger Leute als zur Hochzeit. Doch leiser wurde es dadurch kein bißchen. Sie saßen nun nicht mehr an hübsch gedeckten Tischen, sondern auf Koffern und verschnürten Kartons oder direkt auf dem Fußboden. Sie lärmten, lachten, fielen einander ins Wort. Die Trinksprüche waren allesamt munter, wohlmeinend und mit Ratschlägen versehen, die durchweg in die gleiche Richtung zielten: »Das Wichtigste ist, ihnen das Saufen beizubringen! Und die r-russischen Flüche! Und dann mit Karacho durch ihren kapitalistischen Dschungel! Laß dich nicht ins Bockshorn jagen!«

Erst gegen Morgen trennten sie sich. Ranusch Akopowna vergoß ein paar Tränen. Das einzige Zimmer erschien ihr plötzlich weniger eng und die kümmerliche kleine Birke im Hof sogar schlank – wer würde sie künftig gießen?

Zwei Tage später fuhren die drei, nachdem sie mit einiger Mühe ihr Hab und Gut in den Gepäckfächern verstaut hatten, vom Finnischen Bahnhof geradenwegs nach Helsinki ab. Von dort würde es per Schiff nach Le Havre gehn. Akribische Berechnungen hatten ergeben, daß es so billiger wurde.

Es nieselte leicht, das machte ihnen Leningrad noch vertrauter. Die Bekannten, die sich mit den geöffneten Regenschirmen ineinander verhakten, lächelten angespannt. Wie stets gab es zum Schluß nichts mehr zu sagen, man quälte sich hin, schaute alle naselang zur Bahnhofsuhr.

In allerletzter Minute – »Wo willst du denn hin, du Verrückter!« – sprang Aschot aus dem Abteil und umarmte alle noch mal. Roman preßte er besonders heftig, gab ihm einen kräftigen Kuß auf die Lippen.

»Und doch haben wir die Gardisten des Kardinals ganz schön ausgetrickst! Jetzt bist du an der Reihe ...«

Roman gab keine Antwort. Er lächelte traurig.

5

Aschot lag auf dem Sofa und beobachtete durchs Fenster, wie ein junger Mann sich auf dem Dach des gegenüberliegenden Hauses an einer Fernsehantenne zu schaffen machte. Er zurrte die Leitungen fest, verschwand kurz, um etwas zu holen, hüpfte hierhin, sprang dorthin: Fanfan der Husar, dachte Aschot, Gérard Philippe. Die Sonne versank hinter den unzähligen Schornsteinen der Pariser Häuser, in der Ferne war die Kuppel des Invalidendoms zu sehen – wann endlich werde ich mich aufraffen, den sterblichen Überresten des Imperators die Ehre zu erweisen? Irgendwie kam ihm das alles sehr unwirklich vor, wie auf einer Ansichtskarte.

Er streckte den Arm aus, griff nach dem Miniempfänger Marke »Sony«, begann daran herumzudrehen. Mehrere Franzosen redeten so schnell, daß er sie nicht verstand. Mein Gott, plappern die was zusammen. Hier und da klang Musik auf – zu Hause schmolzen sie bei solchen Klängen dahin, hier dagegen hing einem dieser Rock schon zum Hals heraus. Durch die Synkopen hindurch sickerten englische, spanische, italienische Wortfetzen. Und da, plötzlich, der Sender »Majak«: »Die Werktätigen auf den Feldern des Krasnodarsker Rayons haben ihre nach dem Juliplenum erhöhten Verpflichtungen noch überboten. Voller Enthusiasmus und Feuer reagierten die Bauern auf den Beschluß des Plenums, künftig ...« Mit was für Feuer, möcht ich wissen, dachte Aschot. Etwa bei einer Pulle? Die amerikanischen Farmer, die, wenn ich nicht irre, gerade mal drei Prozent der Bevölkerung ausmachen, ernähren das ganze Land und verkaufen ihr Getreide obendrein ins Ausland. Aschot wußte noch nicht, daß zwei, drei Jahre später das Land, das den Kommunismus errichten wollte, zum Haupteinkäufer avancieren würde. Er stand auf, warf einen vorsichtigen Blick ins Nebenzimmer. Die Mutter schlief; sie fühlte sich seit zwei Tagen nicht wohl und dämmerte die ganze Zeit dahin.

Nach Mitternacht kam Henriette nach Hause, sie arbeitete bei der Agence France Presse und hatte in dieser Woche Spätdienst.

»Bist du müde?«

»Nicht sehr. Wie immer.« Sie holte die »Monde« aus ihrer Handtasche und legte sie auf den Tisch. »Letzte Seite, rechts unten.«

»Was ist rechts unten?«

»Lies selber.«

Er warf einen Blick auf die entsprechende Stelle, stieß einen Pfiff aus. Der Name »Kounitsyn« fiel ihm sofort ins Auge. »Nanu, über Saschka?! Das gibt's nicht ...«

Die Notiz besagte, daß der bekannte sowjetische Tänzer Alexander Kunizyn, der inzwischen in Amerika lebte, beim Theaterfestival von Avignon auftreten werde. Zur Eröffnung. Ein Gastspiel würde es auch am 17. Juni in Paris geben ...

»Das ist ein Ding!« Aschot sprang auf und streifte sich aus unerfindlichem Grund die lange Hose über.

»Was denn, du willst wohl schon Eintrittskarten besorgen?«

»Himmel noch mal, Saschka in Paris! Das muß man sich vorstellen! Ha, der Hundesohn kommt mir nicht so einfach davon, er soll's nur mal versuchen, ich drück ihn an die Wand ...«

»Was soll er versuchen?«

»Er soll's nur mal versuchen«, Aschot hetzte durchs Zimmer, »ich werd's ihm zeigen, er soll's bloß mal versuchen. Welches Datum haben wir heute?«

»Den achten.«

»Das heißt also ... Wo ist sie bloß hin?«

»Wer?«

»Na meine Pfeife. Deine ewige Aufräumerei. Wie oft hab ich dir gesagt, daß sie hier liegen soll.«

Wie seltsam es auch klingen mag, aber sie lag genau »hier«. Er stopfte sie, drückte sorgsam mit dem Finger nach, rauchte sie an.

»Er soll's nur mal versuchen ... Wir werden ihm schon zeigen, was 'ne Harke ist.«

Der Ballettabend sollte in der »Mutualité« stattfinden; das Haus war nicht allzu groß – weniger geräumig als das »Palais de Congrès« –, doch dafür renommiert. Einst war hier mit großem Erfolg Okudshawa aufgetreten. Trotz der Sprachbarriere hatte sich seinerzeit ein zahlreiches Publikum eingefunden, sogar in den Gängen standen sie.

Aschot wartete auf die Plakate, doch die blieben aus. Saschkas Name war nur im allgemeinen Theaterplan aufgeführt. Die Anschlagsäule mit diesen nüchternen, aller Schnörkel baren Ankündigungen befand sich an der Ecke des Boulevard Saint-Germain und der Rue du Bac, und Aschot, immer wenn er im Bistro »Escorial« saß, studierte sie aufmerksam. Stern, Yehudi Menuhin, die heimischen Rostropowitsch und Gidon Kremer. Die berühmtesten Namen. Und plötzlich auch – Kunizyn. Saschka Kunizyn! Der Hundesohn Kunizyn! Aschot saß mit Henriette in dem bewußten »Escorial«, schlürfte eisgekühlten gepreßten Orangensaft durch den Strohhalm und blickte immer wieder zu dem Plakat hinüber.

»Weißt du, woran ich denke? Die Achmatowa sagte bei einer Begegnung zu Solshenizyn, den sie sehr mochte: ›Eine einzige Versuchung steht Ihnen noch bevor – die Versuchung des Ruhmes.‹ Oder so ähnlich. Und Solsh hat dieser Versuchung nicht widerstanden. Sogar Solsh, der berühmte Solsh ...«

»Ja und? Der Mensch verteidigt seinen Standpunkt, schließlich hat er ein Recht darauf, einen Standpunkt zu besitzen und zu verteidigen.«

»Ach was, Standpunkt, um den geht's doch gar nicht, zum Teufel mit ihm. Ich spreche vom Ruhm. Allerdings hab ich keine Ahnung, wie ich selber, falls ich seiner teilhaftig werden sollte ... Im Augenblick ist davon ja weit und breit nichts zu sehen, berühmte Tonregisseure gibt's sowieso nicht, noch nie ist mir so was zu Ohren gekommen. Wie gesagt, vielleicht würde auch ich die Nase hoch tragen, wenn ich den Olymp erklommen hätte, aber Saschka ... Unser Saschka, der für meine Mutter Kartoffeln holte, als ich mir das Bein verstaucht hatte, der in zerlumpten Jeans herumlief ... Du wirst vielleicht sagen, daß gerade darin die Eitelkeit lag, aber Saschka war kein solcher Stutzer. Im Gegenteil, er war völlig uneigennützig. Hatte er was – gut, hatte er nichts – auch gut. Bei wem schon konnte man mal drei Rubel schnorren, einen Fünfer oder sogar einen Zehner? Bei Saschka! Und er vergaß es auf der Stelle. ›Ja, schuldest du mir denn noch was? Na, wenn's so ist, dann laß uns vornehm einen draufmachen, gehn wir ins 'Sadko'.‹ Er kann nicht mit Geld umgehn. Jeder x-beliebige Impresario wird ihn über den Löffel balbieren, diesen Nieswurz.«

»Wieso Nieswurz?« fragte Henriette. »Ist das nicht eine Pflanze?«

Die ganze Nacht vor der Aufführung wälzte sich Aschot von einer Seite auf die andere. Er stand auf, stopfte sich eine Pfeife, schaute zum Fenster hinaus.

Am Abend dann fand er sich beizeiten ein, er mußte sich beim Empfangschef noch einen Passierschein holen. Er war allein gekommen, Henriette hatte Spätdienst, und die Mutter fühlte sich nicht gut. Viele Leute waren erschienen, sie drängten sich sogar am Eingang, nach überzähligen Billetts allerdings fragte niemand.

Der Platz war gut, die zehnte Reihe. Eine Zeitlang klappte es nicht mit der Beleuchtung, die Scheinwerfer flammten mehrmals auf und erloschen wieder. Dann probierten sie den Klang, Aschot war nervös, er blätterte ständig im Programmheft. Im ersten Teil waren »Der Nußknacker«, »Raimonda« und »Dornröschen« angekündigt, im zweiten etwas Unbekanntes von einem englischen oder amerikanischen Komponisten und – sieh einer an – »Der Nachmittag eines Fauns«. Da wehte gleich ein Hauch Nishinski herüber.

Endlich erstrahlten die Scheinwerfer, die Musik setzte ein, und auf die Bühne wirbelte, als käme er geradenwegs von den Wolken herab – Saschka. Wirbelte herab und erstarrte, offenbar in Erwartung des Beifalls. Der kam auch, nicht allzu stürmisch – dazu war es noch zu früh –, doch der ganze Saal klatschte. Er machte eine leichte Verbeugung, nur mit dem Kopf und …

Was dann folgte, war ein Triumph. Ein wahrer Triumph. Aschot bemühte sich später, alles noch einmal zu rekonstruieren, und vermochte es nicht. Flüge, Sprünge, Wirbel; er schien den Boden zwischendurch nicht zu berühren, war sofort wieder in der Luft. Nach jeder Fouette, jeder besonderen, nur den Eingeweihten verständlichen Figur hallte der Saal vom Applaus wider. Schön war Saschka, elegant, leicht, hitzig, temperamentvoll – und ohne die geringste Anspannung. Selbst die Beine schienen länger geworden zu sein.

In der Pause blieb Aschot allein. Er entdeckte zwei Bekannte und einen alten Kollegen vom Fernsehen, doch ihm war nicht an einer Begegnung gelegen, und so ging er vorbei, was die anderen vielleicht sogar kränkte. Er betrachtete die großformatigen Fotografien, verweilte bei einem Plakat von der New Yorker »Carnegie-Hall«, auf dem sehr lakonisch, mit leichten Strichen Saschka dargestellt war, im Sprung, mit zurückgeworfenem Kopf.

Er stellte sich in der Schlange zum Buffet an, trank ein Glas Wodka – doch nicht etwa, um sich Mut zu machen? Dann kehrte er auf seinen Platz zurück.

Der zweite Teil bot keine Klassik mehr. Saschka kam, verstohlen um sich blickend, aus den Kulissen, ging lange umher, legte sich nieder, sprang vehement auf, wirbelte über die ganze Bühne und trat dann, ohne jede Hast, sacht den Rückzug an, so als hätte er erneut Furcht. Die Musik war abrupt, gleichförmig. Dieses Stück wurde verhaltener aufgenommen. Der »Faun« jedoch, fast ohne alle Schnörkel und Sprünge, erwies sich – Aschot quittierte es mit einem Seufzer der Erleichterung – weder als klassisch noch als modern, Saschka aber als ein Künstler durch und durch. Nun ja, Aschot hatte schon immer gesagt, Saschka sei nicht schlechthin ein Tänzer, sondern ein Künstler.

Zum Ende der Aufführung bereitete der Saal Saschka regelrechte Ovationen, man konnte es nicht anders nennen. Die Zuschauer erhoben sich, begannen stürmisch zu klatschen, von überall her erschollen die Rufe »Bravo!« und »Zugabe!«. Nachdem Saschka zum dritten oder vierten Mal herausgekommen war, sich ruhig, würdevoll, ohne alberne Kußhände in den Saal zu werfen, verneigt hatte – was Aschot noch froher stimmte –, fingen die Leute zu skandieren an und stürmten zur Bühne. Obwohl es in Frankreich nicht üblich ist, warfen sie Blumen auf die Bühne, kleine rote, gelbe und blaue Sträußchen. Aschot hatte das Gefühl, gleich in Tränen ausbrechen zu müssen. Er beherrschte sich mühsam, schluckte den Kloß im Hals hinunter.

Es ist also Wirklichkeit geworden! dachte Aschot. Es ist geschehen. Paris liegt ihm zu Füßen …

Hinter die Kulissen vorzudringen war so gut wie unmöglich. Ein Kerl mit Boxerstatur ließ niemanden durch die kleine Tür, die zur Treppe führte, ein anderer mit den gleichen Maßen, stand vor Saschkas Garderobe. Aschot aber schaffte es trotzdem.

Da war er, Saschka. Total durchnäßt, der Schweiß rann drei-, fünf-, sechsfach an ihm herunter, er aber stand da, von einer dichten Menschenmenge umringt, und strahlte. Sein liebes stupsnasiges Gesicht verströmte Glück. Er wendete den Kopf hin und her, lächelte, lachte, wischte sich alle Augenblicke den Schweiß von der Stirn, der ihm in die Augen lief. Von allen Seiten wurden ihm Programmhefte, Ansichtskarten, Fotos entgegengestreckt, er unterschrieb, ohne hinzuschaun, gab lebhaft jemandem Antwort – in welcher Sprache, war nicht auszumachen.

Aschot trat auf ihn zu und sagte leise: »Arkadi!«

Saschka erstarrte augenblicklich, das Lächeln verschwand von seinem Gesicht.

»Ach, Arkadi, was redest du da«, sagte Aschot noch leiser.

Da schüttelte Saschka die Erstarrung ab, schob die Umstehenden wild beiseite und stürzte auf ihn zu. Umarmung hätte man das nicht nennen können – es war ein Wirbelsturm, ein Monsun, ein Tornado, ein Mistral, ein Noworossijsker Nordost, nur heiß und schweißig, was da über Aschot hereinbrach.

»Ach du verdammter Hurensohn!« – nichts Natürlicheres konnte Saschka von den Lippen kommen, und Aschot antwortete auf dieselbe Art, mit dem gleichen knappen russischen, na sagen wir mal, Ausruf, der alles auf der Welt ausdrückte. Beide aber preßten und betatzten einander, klopften sich auf den Rücken. Dann schoben sie sich ein Stück weg, hakten sich mit den Augen aneinander fest und umarmten sich erneut, lachten.

Nach einer Weile, als sie schon völlig außer Atem waren, beruhigten sie sich.

»Na, wie war's?« fragte schließlich Saschka. In seiner Stimme schwang Besorgnis.

»Na wie schon ...« Aschot lächelte. »Erträglich.«

»Mistkerl! Von wegen erträglich!«
»Was hast du denn sonst von mir erwartet?«
»Also jetzt mal ernsthaft, wie war der Faun?«
»Wie?«
»Ja doch!« schrie Saschka nun fast.

Aschot zögerte, Saschka aber war ganz Anspannung und selber zur Frage erstarrt.

»Du bist ein Künstler, Saschka. Das ist alles, was ich sagen kann.«

Und abermals ein Wirbelsturm. Saschka ergriff den schmächtigen Aschotik, hob ihn in die Luft und wirbelte mit ihm durch den winzigen Raum, wobei er alle beiseite drängte. Dann krachte er auf einen Stuhl, den ihm jemand hingeschoben hatte.

»Ich dank dir, Aschotik ... Danke ... Ich wußte es ... Als hätt ich's gefühlt ... Großer Gott ... Schließlich bist du ... Schließlich bin ich ... Es war also erträglich?«

»So ist es.«

Die Menge schloß sich wieder um sie. Ein älterer Kerl mit zerknautschtem, wabbligem Gesicht und einer Fliege um den Hals kam auf ihn zu, in seiner Begleitung eine Dame, die eine gealterte Sophia Loren hätte sein können. Sie wollten Saschka wohl an irgendwas erinnern. Er nickte – ja, ja, ich weiß. Dann kam noch ein anderer, der ihn gleichfalls mahnte, schließlich ein dritter, offenbar ein Journalist, mit einem Notizblock in der Hand.

Er hat sich kein bißchen verändert, dachte Aschot, nein, nicht die Spur. Ist genau der alte geblieben, eher noch jünger geworden.

Saschka befreite sich von den Leuten, die ihn von allen Seiten bedrängten, und wandte sich Aschot zu: »Also, wie verfahren wir? Siehst ja selbst, was sich hier tut.«

Aschot gab keine Antwort. Er wartete. Dann zwängte sich eine Gruppe junger Leute zu Saschka durch, offenbar Balletteleven, und überfielen ihn mit Fragen. Wieder streckten sich ihm Hände mit Bleistiften und Kugelschreibern entgegen.

»Wie machen wir's nun?« wiederholte Saschka, wobei er einen Burschen mit Struwwelkopf zur Seite schob. »Ich hab jetzt, nun ja, so was wie einen Empfang. In eurem Maxim's. Lifar wird da sein, Serge Lifar persönlich, verstehst du? Wenn ich nicht irre, hat er das Ganze sogar organisiert, da kann ich halt nichts machen ... Hast du Telefon?«

»Nein.«

»Dann notiere meine Nummer.« Er streckte die Hand aus, und sofort drückte ihm jemand ein Programmheft und einen Druckstift in die Hand. Er schrieb die Nummer auf. »Es ist das Hotel ›Montalembert‹, direkt im Zentrum. Das hier ist der Empfang, und das meine Zimmernummer, die 245.«

»Alles klar. Wann soll ich anrufen?«

Saschka kratzte sich den Nacken. »Wann? Tja, wann ... Am besten morgens ... Das heißt nein, morgens geht nicht. Lieber am Nachmittag, après-midi, wie ihr sagt ... Moment, das geht auch nicht ... Also doch lieber morgens! Um acht. Vielleicht sogar halb acht. Ist das möglich?«

»Ja, das ist möglich.«

»Also abgemacht. Morgen früh, halb acht ... Herrgott, was für ein Trubel.«

Ein wendiger Fotograf mit drei Apparaten um den Hals versuchte hartnäckig, sich zu Saschka durchzuarbeiten, und schaffte es schließlich.

»Ach ja ... Was macht Romka?« besann sich Saschka plötzlich. »Weißt du was von ihm? Geht's ihm gut?«

»Es geht ihm gut ...«

»Na schön, dann bis morgen. Um halb acht also.«

»Weißt du«, Aschot drang noch mal mit Mühe zu Saschka vor, »schreib dir meine Adresse auf, für alle Fälle.«

Sascha winkte ab. »Was soll ich damit? Ich verlier sie sowieso, du kennst mich doch. Ich erwarte deinen Anruf, basta.«

Er wurde erneut bedrängt.

Aschot ging nach Hause, kehrte mit einem merkwürdigen Gefühl heim. Mit einem Gefühl von Freude und Verwirrung zugleich. Er betrat ein Café, kippte einen doppelten Cognac ... Ja wirklich, Saschka hatte sich kein bißchen verändert. Die Augen höchstens ... Ach Unsinn, was sollte denn mit den Augen sein, so viel Zeit war doch noch gar nicht verflossen. Ein Jahr? Nein, mehr. Schon anderthalb. Sie waren im Oktober ausgereist ... Ein Jahr und sieben Monate. Wie die Zeit vergeht. Aschot verpaßte seine Haltestelle und mußte zurücklaufen.

Am nächsten Tag pünktlich um sieben Uhr dreißig hob er den Hörer in einer Telefonzelle ab. Das Freizeichen ertönte, doch niemand meldete sich. Um acht das gleiche. Um neun, zehn, elf, zwölf. Stille.

In der Mittagspause fuhr er in das bewußte »Montalembert«, überflog in der Metro ein paar Zeitungen. Im »Quotidien«, in der »Libération« standen kurze, doch sehr positive Kritiken, im »Figaro« sogar ein längerer Artikel, wo an Djagilew erinnert wurde, an die russischen Saisons in Paris. Doch im Hotel traf er Saschka nicht an. Aschot hinterließ eine Notiz, bat ihn, Henriette auf der Arbeit anzurufen.

Sie kam gegen sechs nach Hause – niemand hatte sich gemeldet.

Am späten Abend, als er Saschka wieder nicht erreichen konnte, suchte Aschot erneut das Hotel auf. Der liebenswürdige Portier erklärte ihm, Monsieur Kounitsyn sei soeben, höchstens vor einer halben Stunde, zum Bahnhof gefahren. Er wolle den Zug um 23.30 Uhr nach Avignon nehmen, von der Gare d'Austerlitz ...

»Hat er keine Notiz für mich hinterlassen?« fragte Aschot. »Schaun Sie doch bitte nach.«

Der Portier sah in das kleine Fach am Schlüsselbrett. »Tut mir leid, Monsieur, es ist nichts da. Alles leer.«

»Nun ja, du mußt ihn verstehen«, sagte an jenem Abend Henriette, die für »Frieden und Eintracht« war. »Der Erfolg, ihm dreht sich der Kopf, er ist durcheinander, die Empfänge, Lifar, ein einziger Tag in Paris, von allen Seiten wird er bedrängt ...«

»Na gewiß doch, alles klar«, erwiderte Aschot, nur zu gern stimmte er zu. »Trotzdem ...«

Die Mutter, in ein Schultertuch gehüllt, weil sie noch immer fröstelte, nahm Saschka gleichfalls in Schutz: »Aber du kennst doch unseren Saschka, so ist er eben. Hitzig, impulsiv, schnell begeistert. Du hast selbst erzählt, was er für Augen hatte, als er dich sah.«

»Die Augen sind das eine, doch ...«

»Was ›doch‹?«

»Irgendwas ist nicht richtig gelaufen ...«

»Also wirklich, Aschot, verurteile ihn nicht. Auf dem Rückweg von Avignon wird er ganz sicher ...«

»Da herrscht bestimmt die gleiche Hektik, er wird sich zerreißen müssen. Wie soll er ... Nicht mal meine Adresse hat er notiert.«

»Und warum hast du sie nicht beim Portier hinterlassen? Geh morgen hin, gib sie ihm, wahrscheinlich wird Saschka im gleichen Hotel absteigen.«

Am nächsten Tag faßte sich Aschot ein Herz, suchte nach der Arbeit das Hotel auf. Der Portier beruhigte ihn, versicherte, das Zimmer sei bereits reserviert.

Nun ja, dachte Aschot, Saschka ist eben so, der Trubel wird ihm über den Kopf gewachsen sein, im Zug ist es ihm bestimmt wieder eingefallen, und er hat sich Vorwürfe gemacht ... Er wird kommen, ganz unmöglich, daß er mich nicht aufsucht. Das geht einfach nicht! In seinem Innern aber zog und schmerzte es, Aschot war auf der Arbeit zerstreut, gab unpassende Antworten.

»So beruhige dich endlich.« Die Mutter sah, wie sich ihr ach so verletzlicher Sohn quälte. »Ich versteh dich ja, versteh dich sehr gut, aber du mußt auch ihn verstehen. Natürlich hättest du gern, daß er ...«

»Ja, ich hätte es gern ...«, fiel Aschot ihr ins Wort. »Genug jetzt, es reicht. Wir werden sehn.«

Nein, es geht nicht, ich bin mit einem Freund verabredet ... Tut mir leid. Ein Wiedersehen mit einem Freund, den ich seit Urzeiten nicht mehr gesehen habe, verstehen Sie? Das jedenfalls hätte Aschot an Saschkas Stelle gesagt. Saschka jedoch hatte gerade das nicht gesagt, war nach Avignon abgereist. Eine Woche verging, das Festival war beendet. In den Zeitungen wurde viel darüber geschrieben. Geschrieben wurde auch über Saschka. Er wurde in höchsten Tönen gelobt. Aschot wartete. Die Artikel hörten auf. Aschot wartete weiter.

»So geh doch selber hin«, drängte die Mutter. »Wozu warten. Geh ins Hotel, und basta.«

»Und zeig ihm endlich, was 'ne Harke ist«, fügte Henriette lachend hinzu, »das wolltest du doch.« Und er ging hin. Jawohl, hieß es, Monsieur Kunitsyn sei für drei Tage hier gewesen. Ende voriger Woche sei er dann nach New York zurückgeflogen.

6

Es war ihr drittes Jahr in Paris. Aschot und seine Mutter hatten die Staatsbürgerschaft erhalten. Nach französischem Gesetz hätten sie fünf Jahre hier leben müssen, doch ein paar Beziehungen Henriettes halfen. Aschot, der die westliche Ordnung anfangs ein bißchen idealisiert hatte, war nun, mit der französischen Bürokratie konfrontiert, verblüfft, wie sehr sie doch der heimischen, sowjetischen ähnelte. Nach seiner Meinung war diese Bürokratie sogar noch verzwickter und schwerer zu durchschauen.

»Die sowjetischen Fragebögen sind eindeutig. Hast du bei den Weißen gedient, irgendeiner Partei angehört, Verwandte im Ausland, stehst du mit ihnen in brieflichem Kontakt, bist du vorbestraft, wofür und wie lange hast du gesessen, wie lautet deine Antwort zu Punkt fünf? Allem liegt eine eiserne Logik zugrunde. Hast du gedient, angehört, brieflichen Kontakt, gesessen und die Frage nach Punkt fünf wie in einem bekannten Witz mit Ja beantwortet – steht's schlecht um dich, du bist ungeeignet, verschwinde. Doch bei den Franzosen? Aus unerfindlichem Grund müssen sie unbedingt wissen, wo und wann die Eltern deiner ersten Frau geboren und gestorben sind. Wozu brauchen sie das? Das weiß der Kuckuck. Und wie sollst du es beweisen? Du besitzt keinerlei Unterlagen. Dann bringen Sie Zeugen! Doch wen, und woher nehmen? Kluge Franzosen raunen dir zu: Das ist unwichtig, eine reine Formalität, man muß nur drauf achten, daß es mit dem Alter hinkommt. Und du machst dich auf die Suche, findest schließlich drei alte Männlein oder Weiblein, die unter Zittern und Zagen das Blaue vom Himmel herunterschwindeln, beteuern, daß sie die betreffenden Leute gekannt hätten und versichern könnten, sie wären dann und dann geboren und gestorben. Mit dieser Schwindelei gibt man sich zufrieden. So geht das auf Schritt und Tritt. Es entbehrt jeglicher Logik. Bei uns dagegen ist alles eisern.«

Aber wurden sie, die Armenien-Leningrader, nachdem sie eine »Carte d'identité« erhalten hatten und einen blauen Paß, den sie nur für Fahrten ins Ausland benötigten, denn zu Franzosen? Bei Ranusch Akopowna muß man das schlankweg verneinen. Sie paßte sich nicht an, die

Sprache lag ihr nicht, erst zum Ende des ersten Jahres kam sie halbwegs mit den Lebensmittelgeschäften und Bäckereien klar, sie verirrte sich in den Kaufhäusern, geriet in den unterirdischen Verbindungsgängen der Metro völlig durcheinander, fuhr in die falsche Richtung und stieg im Bus durch die falsche Tür ein – sie war es gewohnt, hinten einzusteigen und vorne aus, hier aber war es umgekehrt. Im Fernsehn verstand sie nicht das geringste und seufzte ein ums andre Mal: »Nun ja, bei uns gibt's zwar kein Fleisch, schon um zehn am Vormittag sind Milch und Eier alle, aber die Verkäuferin Katka kennt dich seit einer Ewigkeit, sie schnauzt dich nicht an, sondern lächelt dir hin und wieder sogar zu und gibt dir ein Stück Papier zum Einwickeln, auch der Schlächter Ljowka schiebt dir manchmal ein schönes Stück Fleisch zu, hier dagegen ...« – »Hier dagegen sind alle höflich«, erwiderte Aschot lachend. »Auf Schritt und Tritt heißt es ›merci‹.« – »Da hab ich aber was von ihrem ›merci‹ ...«, wehrte die Mutter ab. »Die haben doch für alles ein ›merci‹, sogar für Verbote« (Verschiedenes konnte sie bereits entziffern: ›Parken verboten. Merci.‹) »Zum Teufel mit ihnen!« Nein, Ranusch Akopowna hatte sich nicht eingelebt.

Von sich selbst sagte Aschot: »Ein Franzose bin ich nicht geworden, ich werde es auch nie sein. Ein Pariser dagegen durchaus. Dieses Städtchen gefällt mir.« An die Welt des Profits und der Raffsucht gewöhnte er sich verhältnismäßig schnell, auch wenn er weder reich geworden war noch etwas zusammengerafft hatte. Mit der Sprache kam er ganz gut zurecht, er hatte im ersten halben Jahr einen Kursus besucht. Eine Arbeit fand er gleichfalls, wenn auch nicht sofort. Zunächst als Beleuchter im »Odéon«. Mal sehn, wie ihre Theater so sind, dachte er. Die Enttäuschung folgte auf dem Fuße. Er schaute aus seiner Scheinwerferloge gleich unter der Decke zur Bühne hinab und wütete. Da gab es nichts als Krampf und Besäufnisse. Er ging auch in die »Comédie Française«, ins »Théâtre de Paris« – überall das gleiche, man brüllte, sprang umher, verschwand in irgendwelchen Versenkungen – der reinste Zirkus; offenbar glaubte man, daß es bei Meyerhold so war. Die Klassik – Racine, Molière – mochte ja noch angehn, doch dann sah er sich den »Kirschgarten« an (»Peter Brook! Was denn, Sie waren noch nicht bei Peter Brook?«) und geriet schlichtweg aus der Fassung: Die ganze Handlung spielte sich aus unerfindlichem Grund im Liegen ab. Gajew, die Ranewskaja – alle auf dem Fußboden. In Reifröcken, Rüschen, wallenden Gewändern – und auf dem Fußboden. Gajew selbst sielte sich dort im Gehrock. Das Gut war noch nicht verkauft, Möbel aber gab es keine mehr. Was sollte das denn alles? Neuerungen? Aus den »Drei Schwestern« floh er im zweiten Akt. Tusenbach und Soljony kübelten in grellroten Hosen den Kognak gleich »aus der Pulle«. Nein, das war kein Theater.

Aschot verließ das »Odéon« und nahm eine Stelle als Tonregisseur beim Fernsehen an. Mit den Kollegen gab es keine Schwierigkeiten, er gewöhnte sich daran, daß man pünktlich um zwölf in irgendein Café etwas essen ging – keine Macht der Welt brachte die Franzosen dazu, um diese Zeit zu arbeiten –, akzeptierte sogar die Tatsache, daß es in diesem Land nicht üblich war, sich untereinander anzupumpen. Nein, das war unmöglich. Ganz ausgeschlossen. Das erstaunte und ärgerte ihn zugleich. Es war auch nicht üblich, sich mal auf die Schnelle zu treffen, Besuche wurden einen Monat vorher vereinbart; es wurde kein Wodka getrunken, ein halber Liter zu dritt war für sie schon eine tödliche Dosis; in der Metro wurde den Damen kein Platz angeboten – und das bei den galanten Franzosen, wo blieben die d'Artagnans? Als einstiger Musketier war er immer auf der Suche nach ihnen und entdeckte einen einzigen aus Bronze, am Denkmal für Dumas den Älteren. Überhaupt erwiesen sich die Franzosen als weit verschlossener, weit knausriger als erwartet. Gleichzeitig aber auch als unkonventioneller. Lange konnte er sich nicht an die ständigen Küßchen gewöhnen – man trifft sich in der Metro, im Geschäft, auf der Straße, man umarmt sich, und schon geht's ans Abschmatzen. Dann begriff er, daß er selbst ein Frömmler sowjetischer Prägung war, fand allmählich sogar Gefallen an dieser allgemeinen Gelöstheit und Unbekümmertheit, an der Leichtigkeit und Freiheit. Da lümmelten sie einfach im Turnhemd, im Sommer auch nur mit Shorts bekleidet, auf der Treppe von Sacré Coeur, klimperten auf der Gitarre, und kein Polyp kam ihnen mit den Worten: »Verschwindet, aber ein bißchen dalli, und daß ich euch ja nicht wieder hier sehe!«

Nachdem er das Pflichtprogramm in Paris absolviert hatte – Louvre, Art Moderne, Orangerie, Jeu de Paume, Eiffelturm –, begriff er, daß es am schönsten war, sich einfach treiben zu lassen und dabei jedesmal etwas Neues zu entdecken. Paris hatte sein ganz eigenes und zugleich doch sehr differenziertes Gesicht. Um den Park Monceau herum, dort wo sie wohnten, in all diesen Rue Murillo, Rembrandt, Vélasquez – die ruhigen Villen der Reichen, vier bis fünf Stockwerke, Stuckfassaden und die »Hotels« mit den Karyatiden, nichts weiter als anständige, einträgliche Häuser, gleichfalls nichts für die Armen. Neben der Gare du Lyon aber verdächtige, halbdunkle, schmutzige Gäßchen, voll von Arabern, eine fremde Sprache, irgendwie alarmierend. Auf der Rue Saint-Denis, am Pigalle standen die Hühnchen in den Hauseingängen und ließen die Schlüssel um den Finger kreisen, was bedeutet, daß die Sache im Auto vonstatten gehen wird ... Und wie herrlich die Place de Voges – der Platz der Vogesen – mit Ludwig XIII. in der Mitte, dem bewußten, vertrauten, ihrem Ludwig, dem der Musketiere. Ringsherum aber Linden, erst vor kurzem gepflanzt. Die alten waren irgendwelchen Käfern zum Opfer gefallen, und man hatte ein Referendum veranstaltet, ob neue gepflanzt oder die Fassaden aus dem XVII. Jahrhundert kahl bleiben sollten, rosa und dazu Ziegeldächer mit hohen Schornsteinen. Die Anhänger der Flora gingen als Sieger hervor. In einem dieser Häuser hatte Victor Hugo gelebt.

Besonders aber zog es ihn in die Buchläden. Dabei fürchtete er sie im Grunde, weil man ständig etwas kaufen wollte – mal Salvador Dali, mal Monet oder Rembrandt, mal die »Stichwaffen des XVI. – XIX. Jahrhunderts« oder die »Schlösser der Loire«, dann wieder die beiden dicken Bände »Der Zweite Weltkrieg« oder, gleichfalls zwei Bände, »Die Straßen von Paris« ... In der russischen Buchhandlung, dem sowjetischen »Globe«, griffen die Finger nach Achmatowa, Mandelstam, Zwetajewa, Bulgakow, Platonow; in Moskau oder Leningrad fand man das bestenfalls in der Westentasche eines Spekulanten im Torbogen, hier dagegen lag es offen herum, nimm, wonach dir der Sinn steht. Nun ja, und bei Kaplan in der Rue d'Eperon oder im Laden der YMCA – eine Flut von Antisowjetismus. In den ersten Monaten war Aschot einfach nicht imstande gewesen, diesen ganzen Überfluß zu verdauen, diesen über ihn hereinschwappenden Schwall von Emigrantenliteratur. Bücher von Nabokov, Aldanow, Mereshkowski, Saizew. Und der »Gulag«, Andrej Sinjawski, der unveröffentlichte Platonow oder das Achmatowsche »Requiem«. Wie auch sollte man all das verarbeiten?

Mit den hier lebenden Emigranten kam er nicht sonderlich in Berührung. Die Schriftsteller mied er, sie alle waren unter sich mehr oder weniger zerstritten, hin und wieder traf er sich mit Malern, die er noch von Leningrad kannte, Schauspieler fehlten gänzlich. Er unternahm den Versuch, eine Art Zirkel auf die Beine zu stellen, ein Studio, doch daraus wurde nichts. Auf der Grundlage »reiner Begeisterung«, nachts in irgendwelchen Kellern, das ging in Paris nicht.

Sein Leben verlief im großen und ganzen in geregelten Bahnen: zur Arbeit, nach Hause, ein paar Erledigungen im Haushalt, Lesen, hin und wieder Fernsehn.

A propos Kino! Hier war er in der ersten Zeit wie von Sinnen gewesen. Neben den Uraufführungen und Bestsellern sah er sich sämtliche Fellinis, Viscontis, Antonionis und Bergmans an – ständig geisterten ihm »Die Nächte der Cabiria« im Kopf herum (der beste, allerbeste unter den Filmen!), »Rocco und seine Brüder« mit dem noch jungen Delon, die »Ferien in Rom« (man stelle sich vor, Audrey Hepburn ist jetzt schon fünfzig!), das Hitchcock-Festival. Erstmals bekam er den noch heute bekannten, doch leider bereits verstorbenen Bruce Lee zu Gesicht, den König des Karate, des Kung-Fu. Klein und wendig, bezwang er alle. Natürlich stürzte er sich auch auf Pornofilme. Zum Teufel damit! Lange, ausführliche Einstellungen in allen Einzelheiten und unmäßig vergrößert. Stöhnen, Seufzen, heftiges Atmen und schmatzende Küsse – das alles wurde, wie sich herausstellt, erst nachträglich aufgezeichnet. Das Entscheidende aber – sie verströmten Langeweile. Da waren die Vampire à la Dracula schon lustiger, doch auch davon hatte man nach dem dritten Mal genug. Insgesamt aber ein Tummelplatz ...

Ihre Wohnung war klein, besaß gerade mal drei Zimmer, im dritten (auf russisch – vierten) Stock eines Hauses ohne Fahrstuhl, was Ranusch Akopowna nicht eben zufriedenstellte; dafür war es eine gute Gegend, gleich nebenan der Park Monceau. Bei schönem Wetter konnte man sich ein Buch schnappen – Pierre Gillard zum Beispiel, den Erzieher des Thronfolgers Alexej, »Dreizehn

Jahre am russischen Hofe« –, ein schattiges Plätzchen in der kleinen Allee Comtesse de Ségure suchen und in aller Stille lesen. Gleich daneben aber stand der marmorne, bärtige Guy de Maupassant, dem eine bronzene Dame in einem Kleid mit Turnüre entgegenstrebte; ringsumher Kinder und ihre Mütter, die gleichfalls lasen, und der Parkwächter, ständig die Trillerpfeife im Mund, um unverdrossen die Pärchen aufzuscheuchen, die es sich im Gras gemütlich gemacht hatten.

Zum Ende des zweiten Jahres strengten sie sich an und kauften einen kleinen gebrauchten »Renault-5«. Henriette chauffierte. Aschot nahm sich immer wieder vor, die Fahrschule zu besuchen, aber es wurde nichts daraus. In Paris ist man nicht unbedingt auf ein Auto angewiesen – dichter Verkehr, Staus –, doch an den Wochenenden, für die die Franzosen im Grunde leben, konnte man irgendwohin abdampfen. In die altehrwürdige, malerische Provence etwa oder nach Fontainebleau, um im Park spazierenzugehn, das Schloß zu besichtigen, auf der Treppe zu verweilen, wo sich Napoleon einst von seiner Garde verabschiedet hatte. Sie schmiedeten Pläne, sparten Geld, um im kommenden Sommer in den Süden zu fahren, ins kleine behagliche Collioure vielleicht, das nahe der spanischen Grenze direkt am Meer lag und sehr gelobt wurde.

So lebten sie dahin. Nicht eben in Luxus, und auf Überflüssiges verzichtend. Die Einkünfte waren ausreichend, auch wenn es am Ende eines Monats hin und wieder passierte, daß auf ihrem Bankauszug (doch, doch, »Crédit Lyonnais«!) die Ziffer von der rechten Spalte »Kredit« zur linken »Debet« hinüberwechselte, was bedeutete: Nicht die Bank schuldete dir an die 200–300 Francs, sondern du ihr. Doch das geschah zum Glück nur selten.

Sehr oft dagegen – und das war zumeist nachts der Fall, wenn er nicht schlafen konnte – ertappte sich Aschot dabei, daß er, wenngleich bereits Franzose, zum Beispiel auf all ihre Wahlen pfiff, auf die endlos geführten Parlamentsdebatten, auf das, was die Partei Chiracs forderte und was Giscard und Barre, auch pfiff er darauf, daß bei ihnen Metallurgie und Automobilindustrie den Bach runtergingen.

Und erst diese ewig unzufriedenen »Landwirte« – ihre Sorgen müßten unsre Kolchosbauern haben! Nein, es interessierte ihn nicht, nicht ein bißchen. Doch was dort, im fernen Petersburg, Romka trieb, ob er mit seinem Film vorangekommen war, ob er's, der Unglücksrabe, endlich zum Regisseur gebracht hatte – das bewegte ihn ungemein. Wie alles, was in diesem Leningrad passierte und was er so über gehabt hatte. Es hieß, der neue Direktor des Filmstudios sei ganz akzeptabel. Das alles war seins, fern zwar, aber seins. Die Mutter und Henriette lachten ihn schon aus, wenn er im »Globe« eine »Literaturka« oder die »Sowjetkultur« kaufte. Ja, das war interessant: Was es für neue Filme gab, wer im Theater was gespielt und welche Auszeichnung erhalten (na so was, Kirill Lawrow ist schon Held der sozialistischen Arbeit!), wer schließlich das Zeitliche gesegnet hatte. Im »Globe« hatte er sich mit Olga Michailowna angefreundet, der Leiterin, und sie gestattete ihm, übers Wochenende die »Nowy Mir«, die »Junost« mitzunehmen oder was sonst noch anfiel. In dem besagten »Globe« kaufte er auch Schukschin, Rasputin, Trifonow, die Prosa Okudshawas. Nun ja, außerdem gab es dort leibhaftige Moskauer und Leningrader.

Was Paris so schön machte? Nicht allein die Tatsache, daß es in der Tat schön war, sondern der Umstand, daß alle es wußten und dort hinstrebten. Im Sommer kam man gegen die Massen von Amerikanern, Engländern, Deutschen (in erster Linie natürlich Westdeutschen) nicht an, von den Japanern ganz zu schweigen. Sie waren allgegenwärtig, samt und sonders mit »Canons« und »Nikons« ausgestattet. Inmitten dieser Massen aber – in Shorts, Jeans, Turnhemden, Nickys, Sandalen und schwersten Bergschuhen auf dicken Sohlen – kleine, doch fest zusammengeschmiedete Grüppchen von Leuten in grauen Jaketts und ausgebeulten Hosen. Das waren die sowjetischen Touristen. Begegnen konnte man ihnen entweder im Louvre oder im Beaubourg, in erster Linie jedoch im Kaufhaus »Tati«. Von dort kriegte man sie nicht weg, denn dort war alles billig. Billiger Tand und dennoch aus Paris.

Aber das waren Touristen, sie hatten ihr Programm und ein strenges Regime, gegen elf mußten sie ums Verrecken im Hotel sein. Es gab aber auch höhere Kategorien – solche, die auf Einladung hier waren. Für einen, zwei oder drei Monate. Sie wohnten bei Freunden, gingen mehr ins »Lafayette«, was sie nicht daran hinderte – freilich erst in den letzten Tagen – auch ins »Tati« zu schaun. Diese Leute bewegten sich eine Spur freier. In der ersten Zeit blickten sie sich noch um, lehnten dies und das ab, gingen dort nicht hin, sagten ein Treffen mit dem und jenem ab. Später jedoch – lag's an der Pariser Luft? – nahmen sie's nicht mehr so genau und waren – ach, sollte kommen was wollte! – bereit, die unterschiedlichsten Orte aufzusuchen und Leute zu treffen.

So tauchten eines Tages ein paar Schauspieler vom Theater des Leninschen Komsomol bei Aschot auf, die zu einem Gastspiel in Paris weilten, auch traf er sich mit einigen Moissejew-Leuten. Er schlenderte über den Montmartre, saß mit Wowka Simakin vom »Lenkonzert« im Café, den es mit irgendeiner Delegation hierher verschlagen hatte. Von ihm erfuhr er, daß Roman sich in die Regie durchgeboxt hatte und einen eigenen Film plante, offenbar auch schon begonnen hatte, über Puschkin oder vielleicht über Lermontow. Nein, so genau konnte sich Wowka nicht erinnern, jedenfalls war es etwas über die Dekabristen; Puschkin und Lermontow kamen darin vor. Das erzählte ihm dann schon Wetrjak, der für einen der beiden Probeaufnahmen gemacht hatte. Ganz kurz tauchte auch mal Werka Archiptschuk auf, eine Turnerin, die er schon lange kannte, sie fuhr zu Wettkämpfen nach Strasbourg. Alle waren sie verwirrt und aufgestört, fürchteten ständig, sich irgendwo zu verspäten, irgendwas zu versäumen. Nur Valerka Bruder mit seinen listigen Augen – er arbeitete am Theater der Jugend und trug deshalb den Spitznamen Tjulka – kam als einfacher Tourist. »Was ich schon immer mal sehen wollte – was Richtiges mit Bumsen und so.« Sie gingen in einen Film, der teils päderastisch war, »Liebe zu viert«. Tjulka war begeistert. »Na, was meinst du, so was in unserem guten alten Moskau! Das gäb eine neue Chodynka-Katastrophe und Schädelbrüche …« Zum Abschied überreichte ihm Aschot eine Nummer des »Playboy« mit einem großen auseinanderklappbaren Foto von einem nackten Girl in nicht eben züchtiger Pose. »Rück ruhig noch einen raus«, sagte Tjulka, »ich steck ihn dem Zöllner zu. Er wird mir ein Leben lang dankbar sein, und ich bringe meinen auf diese Weise durch, keine Bange!«

Vor dem Hintergrund all dieser Ereignisse aber – des Kommens und Gehens, der Cafébesuche, der sto Gramm mit Zugabe (»Sag mal, können wir nicht den Fotoapparat verscheuern?«), der Gänge ins »Tati«, hin und wieder sogar in die Museen – gab es noch ein weiteres, überaus bedeutsames.

Eines schönen Tages, wie man früher zu schreiben pflegte, obgleich der Tag grau und verregnet war, klingelte es abends, so gegen elf, an der Tür, was für Paris ungewöhnlich ist. Aschot fragte: »Wer ist da?«, bekam aber nur ein paar unartikulierte Laute zur Antwort.

Aschot öffnete und … Großer Gott! Da stand Giscar

d'Estaing, der Präsident der Republik. In Hut und Mantel, mit einem Regenschirm in der Hand. Aschot wich direkt einen Schritt zurück. Und plötzlich eine schnelle Bewegung – eins, zwei –, Giscard verschwand, und vor ihm stand Roman ... Romka Krymow!

O Himmel, was für ein Augenblick! Diese erste Minute. Diese Worte, die sich den Lippen entrangen – die bewußten, geliebt und verhaßt, gleichbleibend über die Jahrhunderte, unausrottbar, in anständiger Gesellschaft fehl am Platz und dennoch ausgesprochen, derb und saftig, alles auf der Welt zum Ausdruck bringend, nur nicht das, was sie bedeuten, o diese Worte, ohne die kein einziges freudiges Wiedersehen auskommt – sie wurden gesagt. Und das immer wieder. Man schleppte Romka in die Stube, setzte ihn auf den Ehrenplatz, mit anderen Worten in einen Sessel, der, ohne daß er darauf Anspruch hätte erheben können, die Beifügung »Voltaire« trug.

»Den hab ich zur Erinnerung an dich gekauft. Und deiner, mit den herausspießenden Sprungfedern, lebt er noch?«

»Na klar lebt er ...«

Noch wußten sie nicht, worüber sie sprechen sollten.

Roman ließ seinen Blick über die Wände gleiten, musterte die Einrichtung – »Na, allzu bourgeois hast du's ja nicht, wo ist der Kamin?« –, entdeckte das Foto über dem Schreibtisch, auf dem sie zu dritt im Umhang und mit einer Feder am Hut abgebildet waren... »Du hast es nicht vergessen? Erinnerst dich noch daran?«

»Also weißt du!«

Die Frauen wirbelten umher, holten irgendwas aus dem Kühlschrank.

»Womit können wir dich bloß bewirten, Romotschka? Was ist das, Aschotik, Burgunder?« Ranusch Akopowna war völlig durcheinander – eine einzige Flasche nur fand sich, und die war auch noch angefangen.

»Ein Fläschchen sucht ihr? Und was ist das?« In Romans Händen funkelte ein länglicher Gegenstand auf, der ihnen mit seinen Goldmedaillen auf dem Etikett nur zu vertraut war.

»Gegen ›Stolitschnaja‹ habt ihr doch wohl nichts einzuwenden? Direkt von Jelisejew.« Er stellte den Wodka mit bravouröser Geste auf den Tisch. »Na, wie hat dir mein Giscard gefallen? Das heißt deiner, euer? Du bist drauf reingefallen, gib's zu.«

»Ach was, hier kannst du sonstwen kaufen, sogar Breshnew, damit verblüffst du niemanden. Es sind doch bloß Karnevalsmasken.«

Die Frauen hatten sich inzwischen ein bißchen hübsch gemacht, Ranusch Akopowna sogar ihr Orenburger Tuch umgelegt, das ihr ganzer Stolz war.

»Hört schon auf, zu Tisch jetzt.« Henriette machte Anstalten, Roman aus dem Sessel zu hieven, er widersetzte sich zum Schein.

»Erwarte nicht zuviel, Romotschka«, entschuldigte sich Ranusch Akopowna. »Nimm, wie's so schön heißt, mit dem vorlieb, was auf dem Tisch steht. Was nicht da ist, ist halt nicht da.«

»Nicht da?« Roman lachte. »Bei Jelisejew ist so was nie da ... Das heißt, Käse hat er natürlich – bis morgens um zehn«, er stukte den Finger in einen appetitlichen Käsewürfel mit Löchern. »Schinken – nun ja, wenn man Glück hat. So eine Pastete dagegen gibt's nie, ganz ausgeschlossen.« Roman schenkte den Wodka aus. »Na, dann wollen wir mal«, und er brachte einen langen Trinkspruch zu Ehren des historischen Treffens der Gesellschaft Frankreich – UdSSR aus, ach was, zum Henker damit, der Gesellschaft Paris – Moskau – Leningrad, und aus diesem Anlaß ... Mit einem Wort, sie kippten den Schnaps hinunter, und zwar ex, das verstand sich von selbst.

Sie kippten, krächzten, schnupperten nach russischer

Sitte an den Gläsern. Ranusch Akopowna verschluckte sich, begann mit den Armen zu rudern, Roman aber griff sogleich erneut nach der Flasche.

»Folgen wir dem Rat Anton Pawlowitschs*. In einer seiner Erzählungen, ich weiß nicht mehr in welcher, heißt es: Was für ein wohliges Gefühl, tritt man aus der Kälte in ein warmes Haus, ein Gläschen Wodka zu trinken und ... gleich darauf ein zweites ... Befolgen wir also seinen Rat.«

Sie befolgten ihn, und es wurde rundherum schön.

»Und jetzt laßt uns einander ausgiebig und ohne Scheu betrachten. Drei Jahre sind schließlich kein Pappenstiel ... Ranusch Akopowna wird immer jünger, direkt aufgeblüht ist sie.«

»Nicht doch, Romka, was erzählst du denn da ...« Sie wurde richtig verlegen.

»Marie-Antoinette hat sich nun vollends entfaltet, wie die feuerrote Blume. Hör mal, du bist doch nicht etwa schwanger, na? Steh gleich mal auf. Du brauchst nicht rot zu werden, gib's nur zu.«

»Nein, Romka, noch ist es nicht soweit, wir haben keine Eile damit«, Aschot klopfte seiner Frau auf den flachen Bauch, wie er für Pariserinnen typisch ist. »Na und du, Romka, bist eine Spur männlicher geworden, oder?«

»Und ob ich das bin. Bedingt durch die Erfolge.«

»Hast du denn welche?«

»Durchaus.«

»So was gibt es noch bei uns?«

»›Bei uns‹? Bei euch mußt du sagen. Du bist ja jetzt Franzose, wie man hört.«

»Na gewiß doch, Franzose, trotzdem bleib ich bei ›uns‹. Erfolge gibt's also noch?«

»Bei mir zumindest hat er sich eingestellt. Eines Tages

* Gemeint ist Tschechow.

hat unser Minister aus heiterem Himmel ...« Und er begann zu erzählen, wie alles gekommen war.

An diesem glücklichsten aller Abende – genauer gesagt war es ja Nacht – fühlten sich alle in gehobener Stimmung, besonders jedoch Roman. Er redete wie aufgezogen, fiel den anderen ins Wort, stellte Fragen, die er gleich darauf selber beantwortete, fragte nach, tat so, als würde er den Antworten lauschen, reagierte mit »Ach« und »Oh«, wobei er seine Rede – die Damen verziehen es ihm heute – mit eben jenen gebräuchlichen Wörtchen durchsetzte. »Nach außen hin scheint der Film überhaupt keine Handlung zu besitzen«, begann er: »Ein Er, eine Sie, noch ein Er, noch eine Sie. Er heißt ›Liebe zu viert‹. Sie haben ihn zuerst nicht freigegeben.«

»Das ist ein Ding!« Aschot stieß einen Pfiff aus. »Ich hab mir hier mit einem Kumpel vom Theater der Jugend, du kennst ihn, ihm fehlt vorn ein Zahn, einen Porno gleichen Titels angeschaut. ›L'amour en quatre‹ hieß er in Französisch.«

»Amour hin, Amour her«, wehrte Roman ab, »bei mir geht's in der Tat um so was wie Liebe. Um eine höchst saubere, sowjetische, versteht sich, ohne alle eure Mätzchen. Doch das ist nur das Gerüst, der äußere Rahmen, bei weitem nicht die Hauptsache. Und dennoch haben sie sich an diesen Äußerlichkeiten hochgezogen ... Ist dir übrigens bekannt, daß bei uns um ein Haar die ›Agonie‹ gekommen wäre?«

»Der Film von Klimow?«

»Genau. Sie war schon so gut wie genehmigt, aber dann stellte plötzlich jemand fest, daß Nikolai II. zu schön und zu gütig dargestellt sei, Rasputin dagegen nicht genügend verkommen.«

»Und die Schweine haben den Film ad acta gelegt?«

»Unwiderruflich. Das haben sie mir bei der letzten Probevorführung klargemacht. Das heißt, bei der vorletzten:

›Was denn, Roman Nikititsch, glauben Sie vielleicht, wir sind so hirnverbrannt und begreifen nichts?‹ – ›Nicht doch, Genossen‹, hielt ich ihnen entgegen, ›ich appelliere ganz im Gegenteil an Sie als Leute mit Verstand und Sachkenntnis.‹ Und dann hab ich eine höchst patriotische Rede vom Stapel gelassen, ohne daß sie auch nur maff sagen konnten. Hab Bondartschuk auf Teufel komm raus gelobt, er war anwesend, allerdings weiß ich nicht mehr, wofür genau – ob für seinen Geist, sein Talent, für ›Krieg und Frieden‹ oder ›Sie kämpften für die Heimat‹. Hab Wassili Schukschin erwähnt, er spielte in dem Film mit. Inzwischen ist Wassja ein Klassiker bei uns, Schiffe sind nach ihm benannt, Bibliotheken. Hast du ihn eigentlich gekannt?«

»Nicht persönlich, nur vom Sehen. Bei irgendeiner Aufführung.«

»Ein prächtiger Bursche, ehrlich und mit Charakter, manchmal zwar ein bißchen unbedacht ... Na los, trinken wir auf sein Seelenheil. Solche wie ihn gibt's heute nicht mehr ...«

Sie machten der »Stolitschnaja« glücklich den Garaus. Dann folgte die angefangene Flasche Burgunder. Schließlich entdeckten sie noch einen Rest Cognac. »Den hab ich in Reserve gehalten, was zum Einschlafen, dachte ich, wenn die Damen bereits zu Bett sind ... Du bleibst doch hier über Nacht?«

»Wo soll ich schon hin? Ich roll mich in irgendeiner Ecke zusammen.«

»Hast du keine Angst?«

»Vor wem denn?«

»Über welche Schiene bist du eigentlich hergekommen?«

»Über den Verband der Filmschaffenden. Ich fahr zum Festival nach Cannes ... Nein, nein, nicht als Mitglied der Delegation, beileibe nicht, aber man hat mir erlaubt, mich auf eigne Kosten anzuschließen, als eine Art Mitglied oder Konsultant, was weiß ich.«

»Etwa ohne Aufpasser? Ach, deshalb bist du so mutig.«

»Wieso ohne Aufpasser? Als wenn das möglich wäre. So was geht doch gar nicht. Aber unsrer ist harmlos, du müßtest ihn kennen, so ein Langer, er heißt Arnold, den Nachnamen hab ich vergessen, er ist bei ›Mosfilm‹ ... Na genug davon, zurück zu den Würmern.«

Zu den »Würmern« kehrten sie an die zwanzigmal zurück, entfernten sich, kamen erneut auf sie zu sprechen, doch am Ende wurde deutlich, daß der Film nach etlichen Nacharbeiten, Korrekturen, Veränderungen in Ton und Bild letztlich abgesegnet worden war. Zur Zeit befand er sich in der Herstellung, es wurde sogar eine stattliche Anzahl von Kopien angefertigt – hundertzwanzig Stück. Der jetzige Titel lautet: »Träumen muß erlaubt sein!«

»Der Titel ist natürlich beschissen, aber was soll's ... In seinen Grundzügen ist der Film antisowjetisch. Das heißt, so ganz antisowjetisch nun auch wieder nicht. Äußerlich ist alles glatt, nur wenn man tiefer gräbt ... Da gibt's zum Beispiel eine Episode ...«

Den Damen begannen allmählich die Augen zuzufallen, man schickte sie schlafen. Die beiden Männer richteten sich zu zweit auf dem Sofa ein. Es war zwar eng und unbequem, doch an Schlaf war in dieser Nacht ohnehin nicht zu denken.

»He, Moment mal, und du, wo arbeitest du eigentlich?« besann sich unvermittelt Roman. »Ich quatsche und quatsche und hab mich überhaupt nicht danach erkundigt. Ist mir direkt peinlich ...«

»Beim Fernsehn.«

»Beim Fernsehn? Hast du eigentlich schon gehört, was bei uns im Zentralen passiert ist? Eine echte Sensation!« Und er erzählte die Story vom Kaderleiter des Moskauer Fernsehens, die in der ganzen Stadt die Runde gemacht hatte: Der Mann hatte, ob nun im Suff oder weil er durchgedreht war, auf irgendeiner Versammlung vor aller Ohren verkündet, daß es mit den Lügen genug sei, man solle dem Volk hin und wieder auch Mütterchen Wahrheit nahebringen. Für einen Kaderleiter nicht übel, was? Nun ja, er wurde auf der Stelle den Weißkitteln überantwortet und ins Irrenhaus geschafft. Offenbar hatte er in der Tat den Verstand verloren, der Arme. Ach ja, wovon hatten wir gleich gesprochen?«

Und so redeten sie die ganze Nacht, Aschot kam sogar zu spät zur Arbeit.

Beim Abschied sagte Roman noch, daß sie am nächsten Tag ein Treffen mit irgend so einem Progressiven hätten, doch er würde drauf pfeifen und nicht hingehn, sie müßten sich unbedingt wiedersehn. Abgestiegen war er, wie sich herausstellte, nur zwei Schritt von dem bewußten elenden »Montalembert« entfernt, im Hotel »Cayré«, etwas weniger nobel, doch durchaus akzeptabel.

»Nun, das Hotel lassen wir diesmal sausen, du wohnst bei mir. Und morgen ist Paris dran!«

7

Aschot und Henriette erinnerten sich oft an die Zweifel und Qualen, die sie in Leningrad bis zu jenem Tag ausgestanden hatten, da er endlich zu ihr sagte: «Schluß jetzt, wir fahren! Morgen fang ich an, die Unterlagen zusammenzutragen ...«

Und die Geschichte nahm ihren Anfang.

Ja, damals hatte alles noch im Nebel gelegen, und obwohl er jetzt ein bißchen lichter geworden war, fragte er sich mitunter – das freilich nur im stillen –, ob es die Sache wert gewesen war oder nicht. Doch nein, daß sie es wert gewesen war, bezweifelte er nicht, es ging mehr darum, inwieweit sich seine Erwartungen erfüllt hatten oder nicht, wie gut der Prozeß der Umsiedlung von einer Galaxie in die andere vonstatten gegangen war. Mit einem Wort – was war das, die Emigration, dieser Begriff, der ihn ein Leben lang geängstigt hatte und für den Durchschnittsmenschen etwas Unnatürliches bedeutete. Schaljapin, Rachmaninow, Bunin, Benois, Kuprin, Michail Tschechow – wer wollte sie zählen –, sie alle hatten, jeder auf seine Art, der Heimat, der Vergangenheit nachgetrauert. Hauptsächlich allerdings dem, was »vom mächtigen Sturm hinweggefegt« worden war, sogar der von allen anständigen Leuten verurteilten Selbstherrschaft. Die Emigranten von heute befanden sich jedoch in einer etwas anderen Lage. Kaum jemanden zog es zurück. Man fuhr weg – egal, ob die Kinder im Lande blieben oder nicht, ungeachtet auch der heimatlichen Erde der Vorfahren und so weiter, denn wenn man dem Übel, das sich in sämtliche Poren gefressen hatte, auf den Grund ging, so stand einem alles bis obenhin. Und so manchem wurde dazu noch was angehängt.

Na und er, Aschot? War er am Ersticken gewesen? Nein, das gerade nicht. Zwar fiel ihm das Atmen schwer, mitunter hätte er den Mond anheulen mögen, im großen und ganzen aber paßte er sich an. Wie ja auch die übrigen 260 Millionen. Er wurde nicht verfolgt, hatte niemanden im Nacken, weder bei ihm noch bei seinen Freunden gab es Durchsuchungen, mit der Arbeit lief's recht und schlecht. Gewiß, den »Schwanenleib« Zwetajewas oder Mandelstams Verse über den Mann aus den Bergen im Kreml konnte er von der Bühne herab natürlich nicht rezitieren, doch hin und wieder gelang es ihm schon, etwas unterzubringen, was nicht gerade prosowjetisch war. Und das freute einen dann. Shwanezki zum Beispiel. Manchmal blieb ihm zwar fast das Herz stehn – doch sie ließen's ihm durchgehen. Wie jetzt Romka.

Im Augenblick saß Romka im »Escurial«, süffelte eisgekühltes »Heineken« und war gleichfalls glücklich. Er war das erste Mal in Paris und fand alles interessant. »Nein, nein, keine Metro, nur mit Bus oder zu Fuß, ich laufe gern ...« Und so tippelten sie vom Park Monceau – es war Sonntag, Aschot mußte nicht zur Arbeit – bis zum Boulevard Saint-Germain zu Fuß. Danach über den Boulevard Haussman, vorbei an der Oper, für zehn Francs gingen sie sogar hinein, um die Chagallschen Ziegen zu betrachten, die an der Decke des Zuschauerraumes dahinschwebten; dann über die Rue de la Paix, vorbei an der Vendôme-Säule, bis zur Concorde, überquerten die Seine und gelangten über den Boulevard Saint-Germain zum »Escurial«. Anfangs war Roman vor jedem Schaufenster stehengeblieben, doch auf diese Weise hätten sie ihr Café nie erreicht, und so übernahm Aschot die Führung, erlaubte ein Verweilen nur bei den Bouquinisten und Waffengeschäften.

»Ich will einen Colt, einen Colt will ich!« brüllte Roman so laut, daß sich alle nach ihm umdrehten. »Den da, siehst du? Und auch die ›Smith & Wesson‹! Ohne die kehr ich nicht nach Hause zurück, damit du's nur weißt!«

»Man wird sie dir an der Grenze abnehmen.«

»Mir? Das sollen sie bloß mal versuchen.«

»Nicht nur abnehmen, sondern dich auch bestrafen.«

»Wetten? Mit einem Wort – ich geh auf Konservenfraß über, verzichte auf Rauchen und Trinken, aber den Colt krieg ich. Hast du gehört, du lieber kleiner Colt?«

(Um es vorwegzunehmen: Der Colt samt zwölf Patronen, den Aschot kaufte und ihm schenkte, passierte auf dem Grund des Koffers sämtliche Grenzen, und zwei Krähen in Bolschewo ließen durch ihn ihr Leben.)

Natürlich gingen sie auch in den »Globe«. Roman war von den Regalen und Tischen, auf denen all die Bücher von Trifonow, Schukschin, Mandelstam, der Zwetajewa, von Simenon und Agatha Christie ausgebreitet waren, nicht wegzubringen ... Seine Augen brannten, die Wangen glühten, die Lippen flüsterten etwas, das nicht zu verstehen war. Im Endergebnis wurde, ungeachtet seines Widerstands (»Nicht gerade was in Richtung Stalingrad«, witzelte später Aschot) ein Band von Bulgakow gekauft und eine Gedichtsammlung von Schpalikow ...

»Ach, Genka, Genka, geliebter Kumpel!« Romka hatte des öfteren einen mit ihm gebechert. »Da kauf ich also ein Buch von dir in Paris, das muß man sich mal vorstellen – in Paris ...«

Am Abend fuhr Roman nach Cannes ab. »Wenn ich zurück bin, setzen wir unser Unternehmen fort. Bereite Rodin und die Impressionisten schon mal darauf vor, auch dieses, wie heißt es doch gleich, euer neues Centre ...«

»Pompidou?«

»Genau! Der Louvre muß warten. Bis zum nächstenmal.«

Eine Woche später kam er zurück, er hatte das Ende des Festivals nicht erst abgewartet. »Zum Teufel damit, da wird's einem ja ganz schwindlig. Und man versteht nicht die Bohne. Ich hab darum gebeten, wieder nach Paris fahren zu dürfen. Sie haben zwar gemurrt, es dann aber genehmigt. Kulidshanow ist trotz allem kein übler Kerl.«

In drei Tagen schafften sie eine ganze Menge. Romka war unersättlich, und Aschot freute das: alle fünf Etagen des Beaubourg, sprich Centre Pompidou (die Ausstellung der »Drei M« – Modigliani, Magritte, Mondrian), Rodin, Jeu de Paume, die Impressionisten, die Orangerie, der Eiffelturm (»Du lachst? Ich kletter trotzdem rauf!«), eine Fahrt auf der Seine mit dem »Bateau-Mouche«, Versailles, Fontainebleau – all das freilich zumeist allein, Aschot und Henriette waren auf der Arbeit, hatten erst gegen

Abend frei. Sie besuchten auch die »Folies Bergères« (»Ermüdend, eintönig und zu viele, die herumhüpfen«), bummelten über die lästerliche Place Pigalle (»Ach, jetzt Geld haben«, seufzte Romka. »Und ›Jugend, Jugend, dann kommt das Glück aufs neu‹, wie unser Kollege Gremin es treffend ausgedrückt hat.«). Dann saßen sie im Restaurant. Sie hatten sich für ein kleines entschieden, im Umkreis des Bastille-Platzes, ein, wie es schien, Auvergner Restaurant mit Namen »Galoche«. Die Auvergne ist das Herz Frankreichs. An Decke und Wänden hingen Sabots aller Art – Holzschuhe, die in der Sprache der Auvergne »galoche« heißen. Sie aßen Austern und Schnecken – Roman zum erstenmal in seinem Leben –, gepfefferte Zwiebelsuppe, danach Lammkeule mit irgendwelchen Beilagen, tranken Beaujolais, den Abschluß bildeten Eis und ein Espresso in kleinen Täßchen ...

»Uff!« Roman lockerte verstohlen den Gürtel. »Wenn erst unsre Rotsterne kommen, dann ist es vorbei mit all euren Austern und Weinbergschnecken, dann habt ihr die längste Zeit schmarotzt. Dann kostet ihr von unserem reifen, entwickelten ... Himmel, ich kann nicht mehr. Laß uns noch einen Cognac kippen, ja? Zum Abschied sozusagen ...«

Sie kehrten zu Fuß nach Hause zurück, die Metro fuhr nicht mehr, und fürs Taxi reichte das Geld nicht, alles war für Essen und Trinken draufgegangen.

An diesem Abend sprachen sie viel über Saschka. Ohne Neid, ohne jeden Vorwurf, einfach traurig.

»Tja, der Ruhm ...«, seufzte Roman. »Weißt du noch, gleich nachdem er weg war, hab ich gesagt, er wird ihm nicht widerstehen können. Und es geht da nicht mal so sehr ums Geld – zum Henker damit; die vielen Möglichkeiten sind das Entscheidende, die Fülle der Angebote –, man braucht bloß auszuwählen. Hast du den Feuervogel am Schwanz gepackt, halt ihn fest, laß ihn nicht wieder los … In welchem Ballett hast du ihn eigentlich gesehen, in ›Dornröschen‹?«

»Nein, es war ein bunt zusammengewürfeltes Programm. Und rat mal, in welchem Stück er im Fernsehn getanzt hat! Du wirst's nicht glauben, im ›Don Quijote‹.«

»Ein Schund von Ballett.«

»Genau, Schund. Und überhaupt, was hat das mit Don Quijote zu tun? Der erscheint ganze zweimal auf der Bühne. Saschka spielt dort irgend so einen verliebten Neffen. Der reinste Schwachsinn! Und das nach seinem Adam in der ›Erschaffung der Welt‹. Erinnerst du dich – das Stück nach Effel?«

»Und ob ich mich erinnere. Wie haben wir anschließend gekübelt!«

»Hier aber – pfui Teufel! Es tat direkt weh hinzuschaun. Obwohl er natürlich gut tanzte. Nur fürchte ich, daß er's einzig wegen des Geldes getan hat. Geld muß er übrigens wie Heu haben.«

»A propos Geld … Hat er dich nicht darauf angesprochen, als er hier war?«

»Nein, hat er nicht.«

»Du weißt, was ich meine?«

»Ich weiß. Nein, er hat mich nicht angesprochen.«

Beide seufzten – das sah ihrem Saschka so gar nicht ähnlich.

Roman wandte sich unvermittelt an Henriette, die wie immer schweigend zuhörte. »Also wirklich, dein Mann gefällt mir. Ich find es toll, wie er sich hält, ehrlich. Nun gut, den Feuervogel, wie Saschka, hat er zwar nicht zu fassen gekriegt, aber was soll's. Er ist beim Fernsehn. Es gibt Interessanteres im Leben? Ach was, zum Teufel damit. Reicht es für den Lebensunterhalt? Es reicht. Sogar ein Auto habt ihr …«

»Das haben alle.«

»Auch eine Wohnung … Unterbrich mich nicht … Und

zwar nicht irgendwo, sondern in Paris, mitten in Paris ... Und auf all das hast du noch eins draufgesetzt.«

»Tja, wie soll ich sagen ...«

»Auf alles! Darauf bestehe ich: Erstens – keine Parteigruppe mehr, zweitens – keine Gewerkschaft. Und drittens – nicht mehr die fortschrittlichste Gesellschaft der Welt mitsamt ihren Versammlungen. Niemand kommt dir dumm, weil du trinkst, zu viel ausplauderst oder – pardon, Madame – fremdgehst ... Das mal von dieser Seite. Und von der anderen Seite, von deiner? Du mußt nicht, wie es für Saschka nötig ist, ständig grübeln, bedenken, kalkulieren: mit wem du essen zu gehn hast, daß du jenen nicht vergessen darfst, zur Premiere einzuladen, dich hüten mußt, diesen über die Schwelle zu lassen. Doch, doch, glaub ja nicht, daß er's gar so leicht hat. Feuervogel hin, Feuervogel her, der Schwanz des Tierchens ist heiß, kann dich versengen. Du dagegen bist ein freier Mann auf freier Erde. Du willst nach Madagaskar? Bitte sehr, dann fährst du eben ...«

»Zehntausend hin und zurück!«

»Kein Wort davon, so was will ich nicht hören! Hast du eine Ahnung, wie sehr ich mich erniedrigen, auf dem Bauch kriechen mußte vor diesen Halunken, bloß um in dieses Cannes zu gelangen? Ich hätt ja auf alle Festivals gespuckt – dich wollt ich sehn! Und ich hab dich gesehn: gesund und munter, brummig und unzufrieden zwar, aber – frei! Begreifst du – frei!! Na los, auf die Freiheit, du Mistkerl!«

Aschot erinnerte sich später noch oft an diesen Monolog seines schon leicht beschwipsten Freundes. Auf dem Bahnhof Gare du Nord (»Du mußt unbedingt zum Zug kommen, ich pfeif auf sie!«) sprang er in allerletzter Minute, wie seinerzeit auf dem Finnischen Bahnhof Aschot, aus dem Abteil, umarmte ihn heftig und flüsterte ihm zu, wobei er ihm das unrasierte Kinn an die Wange preßte: »Ich beneide dich! Beneide dich auf ganz schnöde, schwarze, schmutzige Art …«

Er aber, der Dummkopf, beneidete Romka. Der Freund winkte ihm solange aus dem Fenster, bis der Zug hinter einer Biegung verschwunden war. Aschot stand noch eine Weile da, stand da – und ging einen kippen.

So war das also – drei Freunde … Ein Gedicht, »Das Modell und die Freundin«, tauchte plötzlich in seiner Erinnerung hoch und ließ ihn den ganzen Tag nicht mehr los. »Drei Freunde, das Modell und die Freundin …«

An diesem Tag betrank sich Aschot. Allein. Er fing mit der Bahnhofskneipe an, überquerte den Vorplatz, ging ins Café »Terminal«, saß dort eine Zeitlang, versuchte eine Zeitung zu lesen, doch daraus wurde nichts, und er bestellte erneut …

Um Romka waren irgendwelche hektischen Leute herum gewesen, alle mit prall gefüllten Koffern, und nicht bloß mit einem, sondern mit zwei, drei. Romka dagegen hatte nur einen einzigen, kleinen gehabt und ein Netz. Dafür jedoch einen Colt und je einen Bulgakow und Schpalikow; kein einziges Hemd, nur ein Paar Jeans, die ihm Henriette fast mit Gewalt aufgedrängt hatte … Aschot hatte sich bei Roman übrigens auch nach Vera Pawlowna erkundigt, ob Saschka ihr hin und wieder etwas schickte. Roman bezeichnete sich selbst als den größten Schweinehund – in der ersten Zeit war er verschiedentlich bei ihr gewesen, dann immer seltener, das letzte Mal hatte er sie vor einem halben Jahr besucht. Nein, Saschka verwöhnte sie nicht gerade. Nicht mal einen richtigen Brief hatte er ihr geschrieben. Gewiß, drei- oder sogar viermal hatte er angerufen, ihr auch mal einen Pelz geschickt und irgendwelche Jacken. Nun ja, seine Mutter hielt sich wacker, ging wie gewohnt zur Arbeit und war traurig. Sehr allein war sie. Er müsse unbedingt mal wieder zu ihr hin, sagte er, man könne schließlich nicht so seelenlos sein ... Und Romka bedachte sich erneut mit den gröbsten Beschimpfungen.

Das war es wohl auch, was Aschot und Roman am meisten an Saschka verblüfft hatte – er und die Mutter waren so unzertrennlich gewesen, hatten so aneinander gehangen. Und nun – drei, vier Anrufe in drei Jahren. Ein Pelz, ein paar Jacken ... Das wollte ihnen einfach nicht in den Kopf.

Seine Tour durch die Cafés beschloß Aschot irgendwo in der Nähe der Porte d'Orléans, und auch das nur, weil ihm das Geld ausgegangen war. Er bestellte ein Glas Bier und ein Paar Würstchen, beobachtete die Passanten, zog an seiner Pfeife.

Daß Roman wieder abreiste, war nur natürlich. Er war gekommen und wieder weggefahren. Doch nein, nicht weggefahren – in einen Abgrund gestürzt, in die Hölle. Mit den Leuten zu Hause war das immer so: Man redete mit ihnen bis zum Umfallen, und dann war alles abrupt zu Ende. Kein Brief, kein Anruf. »Du hast schon vergessen, wie das bei uns ist«, hatte einer von den Moissejew-Leuten zu ihm gesagt, der des öfteren in Paris weilte. »Innerhalb von drei Jahren total vergessen. Wir kommen her, atmen eure Luft und entspannen uns, schicken zuweilen sogar unsern Aufpasser zum Teufel. Doch kaum sind wir wieder daheim, igeln wir uns ein, haben vor allem Angst, sagen kein Wort zuviel. Was soll man tun, so sind wir halt erzogen.«

Nach Hause kam er erst sehr spät. Weder die Mutter noch Henriette zuckten auch nur mit der Wimper, sie hatten alles verstanden.

8

Das Leben aber ging weiter wie gewohnt. Arbeit, zu Hause, Fernsehen (hauptsächlich für Ranusch Akopowna), Lesen, vereinzelt ein Kinobesuch. Sehr vereinzelt sogar. Henriette wunderte sich: »In Leningrad hast du keinen neuen Film ausgelassen, hier aber zieht's dich nicht mal mehr zu Fellini und Bergman. Also sehn wir uns nun endlich die ›Mechanische Orange‹ an oder nicht?«

Aschot war anfangs selber über die Passivität verwundert, die ihn in der letzten Zeit erfaßt hatte. Dann aber begriff er, daß die Leute dort, zu Hause, nicht nur zu Gabin und Anna Magnani rannten, um sie zu sehen, sondern um sich in ein fremdes, unbekanntes, im großen und ganzen verführerisches Leben zu stürzen, in einem Pariser Café zu sitzen, in irrer Geschwindigkeit über Autobahnen und Highways zu rasen, sich in einem Sessel am Kamin zu fläzen, Burgunder zu schlürfen. Hier dagegen waren diese unerreichbaren Versuchungen – bis auf den Kamin vielleicht – zum Greifen nahe. Auch rührte einen das psychologische Hin und Her um Liebe und Verrat nicht mehr so an, zumal man vieles nicht verstand und erst recht durcheinander geriet, wenn der Film mit Untertiteln lief. Wenn sich Aschot einmal in drei, vier Monaten ins Kino aufraffte, so hauptsächlich in einen Western oder zu Belmondo, wo es Prügeleien, Hetzjagden und Schießereien gab, was bei diesem Schauspieler immer sehr gekonnt, ja geradezu ästhetisch wirkte.

»Und überhaupt«, sagte Aschot, »stellt sich plötzlich heraus, daß ich sträflich wenig, ja fast nichts gelesen habe. Zum Beispiel habe ich jetzt Mark Aldanow entdeckt, einen hervorragenden Schriftsteller. Doch wer bei uns kennt ihn? Oder Nabokov. Ich wußte lediglich, daß es eine reichlich anstößige ›Lolita‹ von ihm gibt, dabei hat er Gott weiß was alles zu Papier gebracht. Ich liebe die

Stilästheten nicht sonderlich, sie ermüden mich, doch lese ich gerade etwas Autobiographisches von ihm, die ›Anderen Ufer‹, und kann mich nicht davon losreißen. Ein großartiger Autor. Bei uns aber gilt er als pornografisch und ist verboten.«

Aschot hatte sich in die Turgenjew-Bibliothek eingeschrieben und schleppte einmal im Monat wahre Bücherberge an. Er galt als ordentlich, und so gestattete man ihm, gleich zehn bis fünfzehn Titel auf einmal mitzunehmen. Hauptsächlich waren es russische. Mit den französischen kam er schlechter zurecht, ohne Wörterbuch war da nichts zu machen. Henriette besaß ihr eigenes kleines Regal – sie mochte in erster Linie die Klassiker. Für die modernen Autoren und den ›Nouveau roman‹ hatte sie weniger übrig.

Und was war mit Madagaskar, wohin Aschot nach Romans Meinung jederzeit fahren konnte? Es lag reichlich fern. Doch sie rafften sich immerhin nach Florenz auf. »Verdammt«, sagte Aschot eines Tages, als es sich gerade so ergab, »da sind wir nun in Paris und hocken hier wie angewurzelt, dabei sind die Schweiz, Italien, das Schloß von Chillon, die Uffizien gleich um die Ecke ...« Henriette schaute ihn an und erwiderte: »Einverstanden, laß uns zu den Uffizien fahren, ja? Wir schaun uns den ›David‹ an.« Und sie fuhren los, die Uffizien und den ›David‹ von Michelangelo zu besichtigen. Die Gelegenheit war günstig: ein Wochenende, dazu ein Feiertag und zwei Tage, die sie noch abbummeln konnten. Also verschoben sie den Kauf eines neuen Kühlschranks, setzten sich in ihren »Renault-5« und rollten durch Wälder und Berge, durch den Montblanc-Tunnel nach Florenz. Ach, was war das für eine Woche gewesen! Später machten sie eine ähnliche Spritztour nach Spanien und Barcelona. Sogar auf einen Stierkampf gerieten sie. Später wurde das alles unter dem Begriff Madagaskar zusammengefaßt.

Insgesamt jedoch floß ihr Leben still und ruhig dahin – Arbeit, Wohnung, Bücher, abendliches Teetrinken nach russischem Brauch.

Und plötzlich geschah ein Wunder. Eines Nachts klingelte das Telefon. Wahrscheinlich falsch verbunden, dachte Aschot, nahm den Hörer aber trotzdem ab. »J'écoute«, sagte er auf Französisch.

»Auf Russisch geht's wohl nicht?« antwortete eine bekannte Stimme.

»Teufel noch mal, Saschka!«

»Genau der.«

»Von wo rufst du an?«

»Von eurem de Gaulle, vom Flugplatz.«

»Schon klar.« Aschot lachte. »Du hast keine Bleibe?«

»Mistkerl.«

»Entschuldige, aber weißt du, wie spät es ist?«

»Ich sag's doch, du bist ein Mistkerl. Dabei sollte man in deinem Alter um diese Zeit mit irgendwelchen Mädchen einen draufmachen und nicht zu Hause rumhängen.«

»Na schön, ich werd's mir merken. Was kann ich für dich tun, altes Haus?«

»Hör mal, du Hundesohn, warum sprichst du so mit mir?«

»Weil du es verdient hast. Ich bin nachtragend.«

Eine Pause trat ein, dann sagte Saschka: »Hast ja recht, ich bin schuldig, schuldig und nochmals schuldig, wozu aber darauf herumtrampeln?«

»Also dann mal von Kommunist zu Kommunist: Ich muß gegen neun zur Arbeit, ruf mich 8.15 Uhr an, dann verabreden wir uns, abgemacht?«

»Abgemacht.« Saschka hängte auf, er schien beleidigt zu sein.

»Warum hast du ihm nicht gesagt, er soll ein Taxi nehmen und herkommen?« fragte Henriette, die wach geworden war.

»Es soll ihm eine Lehre sein ... Ich wette, er will nach London oder Lissabon, dort ist Nebel, sie durften nicht landen und sind nach Paris umgeleitet worden. Und niemand da, der ihn in Empfang nimmt. Das ist er nicht gewöhnt.«

»Gerade deshalb müßte man ...«

»Müßte man nicht.«

»Aber es ist doch Saschka.«

»Eben drum.«

Damit war das Gespräch beendet.

Pünktlich um 8.15 Uhr rief Saschka an.

»Es gibt zwei Möglichkeiten«, sagte Aschot. »Von eins bis zwei, wenn ich Mittagspause habe, oder nach sechs den ganzen Abend.«

»Natürlich das zweite. Ich hab einen Haufen Geld.«

»Und ich hab gedacht, du sagst: beides – sowohl mittags als auch abends.«

»Wirklich, Aschot, du bist ein Mistkerl. Ich fall vor dir auf die Knie, wälz mich im Staub, und du ...«

»Also gut, bürste dich ab und sei gegen halb sieben im Café ›Escurial‹. Das ist die Metrostation Rue du Bac. Wenn du rauskommst, siehst du's schon – Ecke Boulevard Saint-Germain.«

»Alles klar. Halb sieben.«

Sie verbrachten zwölf Stunden zusammen – von sieben Uhr abends bis sieben Uhr morgens. Dann nahmen sie Abschied, umarmten und küßten sich ein letztes Mal auf dem bereits erwähnten »Charles de Gaulle«, dem Flugplatz. Aschot hatte recht gehabt – zwar wollte Saschka nicht nach London und auch nicht nach Lissabon, wohl aber nach Ceylon. Doch in Paris hatte es aus unerfindlichen Gründen einen Stopp von vierundzwanzig Stunden und mehr gegeben.

Zwölf Stunden hintereinander ... In die Sessel des Flughafencafés geflätzt, müde, kraftlos und einen Espresso schlürfend, versuchten sie ihre Tour zu rekonstruieren. Sie waren von einem Restaurant ins andere gezogen. Mit Rükkenklopfen und den damit einhergehenden, sattsam bekannten Ausdrücken hatte es im »Escurial« begonnen, danach ging es, nun schon ohne Rückenklopfen, doch mit den erwähnten Ausdrücken weiter von Café zu Café (ein Touristenpärchen aus Cincinnati blieb vor ihrem Tischchen draußen auf der Straße stehen und sagte: »Entschuldigen Sie, wir haben schon so lange keine russischen Flüche mehr gehört. Es ist wie Musik ...«). Und dann, um in der Reihenfolge zu bleiben, das »Flore«, »De Magot«, »Lipp«, »Apollinaire«, »Cluny« – sie alle auf dem Boulevard Saint-Germain; danach ging's durch die Mouffetard hinter dem Lyzeum Henri Quatre, zu was Griechischem im Viertel Saint-Michel und dann noch in ein Nachtlokal an der Gare du Nord; von dort fuhren sie, als es schon richtig hell war, mit der Schnellbahn nach Roissy, zum Flughafen »Charles de Gaulle«. Alles in allem waren sie etwa zwölf oder dreizehn Mal »an Land gegangen«. Nun waren sie müde, aber nicht betrunken, obwohl sie keineswegs beim Bier geblieben waren, wie zunächst gewollt, sondern auch Stärkeres konsumiert hatten bis hin zum teuersten, von Churchill bevorzugten Cognac. Dazwischen, auf dem Weg von Café zu Café – die Quais, die Brücken und verwaisten Plätze, die Stufen des Panthéon, die Gassen, Gäßchen und Minisquares; eine Flasche leerten sie, im Gras sitzend, am bronzenen Denkmal des ironisch lächelnden Voltaire ... Hätte der berühmte Enzyklopädist gewußt, worüber sich die beiden Emigranten zu seinen Füßen unterhielten, zwei russische Intellektuelle – er hätte seine Bücher hergenommen, sie noch einmal durchgelesen und vieles revidiert, erschrocken über das, was jetzt auf der Welt vorging.

Worüber aber sprachen diese russischen Intellektuellen, der eine ein am Himmel aufgegangener, hell leuchtender

Stern mit einem Haufen Geld, der andere, tja, was nun – ein durchschnittlicher französischer Werktätiger, als der er sich selbst bezeichnete. Doch beide Verstoßene, die mehr oder weniger der Vergangenheit nachtrauerten. Und die sich drei Jahre, wenn nicht länger, nicht mehr gesehen hatten. Worüber also sprachen sie?

Um in Rage zu kommen, hatte sich Aschot, während er in der Metro saß, einen humorvoll-bitteren Monolog zurechtgelegt, eine anklagende Rede. Sie sollte ungefähr so lauten:

»Meine Herren Geschworenen. Vor Ihnen auf der Anklagebank sitzt ein Mann, der niemanden getötet, beraubt oder vergewaltigt, kein einziges der geschriebenen Gesetze übertreten hat, so wie das auch seine berühmten Vorfahren Herzen und Ogarjow nie taten, die ihre Heimat gleichfalls verließen. Ein Mensch, der im Gegenteil sein Talent, das Talent seines Volkes der ganzen Welt schenkte. Und doch sitzt er jetzt auf der Anklagebank. Was hat ihn dorthin gebracht? Wessen hat er sich schuldig gemacht? Sich gegen was vergangen? Welche Grenzen überschritten? Wofür erwartet ihn die Strafe, die Sie, meine Herren Geschworenen, über ihn verhängen werden? Und was ist es, dessen ich ihn beschuldige? Ich beschuldige ihn eines der schwersten Verbrechen vor der Menschheit. Er hat sein Gedächtnis ausgeschaltet. Er hat das Heiligste und Erhabenste, das es im Leben gibt, vergessen und verletzt – die Freundschaft.«

Dieser nach Aschots Meinung prächtige Monolog wurde leider nicht gehalten. Einmal hätte es, um die entsprechende Wirkung zu erzielen, der Zuhörer bedurft, die es aber nicht gab, und zum anderen übernahm Saschka schon nach dem ersten Glas die Initiative, indem er die Arme hob.

»Hände hoch!« rief er. »Ich ergebe mich, liefere mich der Gnade des Siegers aus!« und goß die Gläser sogleich erneut voll. »So begreif doch, du Unglückswurm, es hat mich eingesogen, regelrecht ein-ge-so-gen ... Ich bin in einen Strudel geraten, in einen Wirbel, eine Stromschnelle, nenn es, wie du willst. Und ich bin ins Trudeln, Kreisen, Schlingern gekommen ... Ich hab, als ich damals wegfuhr, nicht im Traum an Flucht gedacht, glaub mir. Alles hat sich ganz von allein ergeben, ich weiß selbst nicht, wie. Plötzlich wurde mir klar – ich durfte nicht zurückkehren, ich würde verwelken, draufgehn. Hier dagegen ... du siehst es doch selbst ...«

Aschot schwieg, hörte zu, verspeiste ein Omelette mit Schinken. Saschka schenkte nach.

»Natürlich ist es leicht, mich einen Dreckskerl zu nennen. Einen arroganten, eingebildeten Esel, der alles auf der Welt vergessen hat. Nein, Aschotik, ich habe nichts vergessen ... Großer Gott, wie oft ich an euch denke, wie sehr ihr mir gefehlt habt! Du glaubst es nicht? Ich versteh das, du hast allen Grund ... Und sprich nicht von meiner Mutter, ich bitte dich sehr. Es tut mir leid. Na los, nehmen wir noch einen zur Brust.«

Sie tranken.

Ja, dieses »Tut mir leid, nehmen wir noch einen zur Brust!« war ganz und gar Saschka. Vor ihm saß derselbe Saschka von einst – zerzaust, aufgekratzt, eine Spur verlegen und kein bißchen verändert, impulsiv, von sich eingenommen, eben ganz der alte. Und Aschot begriff, daß er ihm unmöglich zürnen konnte. Wofür denn? Der Mensch ist eben so beschaffen. An einer Freundschaft aber – selbst wenn Saschka sie verraten hatte, im Gegensatz zu Aschot, der immer noch an sie glaubte – an einer Freundschaft aber ist das Wichtigste, daß man verstehen und verzeihen kann. Doch da war noch etwas, das er ihm anlastete.

Drei oder vier Stunden währte ihre Unterhaltung nun schon – doch nein, Unterhaltung konnte man das nicht nennen, das richtige Wort dafür ist bis heute noch nicht erfunden. Bei Dal heißt es: »Unterhaltung bedeutet ein wechselseitiges Gespräch, eine gesellige Rede zwischen Menschen, ihr Verbundensein durch das Wort, ein mündlicher Austausch von Gefühlen und Gedanken.« Also wirklich, der große Dal möge verzeihen – aber was ist denn das für eine Definition? Darin fehlt doch das Entscheidende: die Seele. Wie kann von einem Austausch der Gefühle und Gedanken die Rede sein, wenn es sich um einen tosenden Strom handelt, den Terek, die Kura, Steine, Wasserstrudel, Explosionen, Protuberanzen, Maschinengewehrknattern und Nachtigallengesang ... Nun also, die vierte Stunde bereits tauschten sie Gefühle und Gedanken aus, und erst als sie sich auf einer wackligen Bank zwischen den herausspießenden Wurzeln einer hundertjährigen Platane am Ufer der Seine am Pont Royale niedergelassen hatten, kam Aschot auf das zu sprechen, was ihn am meisten bewegte.

Aschot war nicht nur Mime, er war ein bißchen auch Poet. Und so stimmten ihn alle möglichen Naturerscheinungen – sei es der Mond, der zwischen den Wolken hervorkam, das unter den Füßen raschelnde Laub, das Plätschern eines Fisches im Wasser oder selbst so profane Dinge wie ein Lichtschein im Fenster, eine schaukelnde Straßenlaterne, ein wisperndes Pärchen im Hauseingang – irgendwie erhaben und vor allem ernst. In ihrem Musketiertrio war er der Ernsthafteste gewesen.

So auch jetzt. Zwar gab es im Augenblick keinen Mond, doch in einem Haus am gegenüberliegenden Ufer war im obersten Stockwerk ein großes Fenster erleuchtet – offenbar das Atelier eines Malers –, und auf der Brücke schimmerten matt die typisch französischen Laternen: Milchglaskugeln mit einem Häubchen darüber. Und wenn auch nicht die vertraute Newa, so war es doch die Seine, deren schwarze, öldurchtränkte Wellen zu ihren Füßen dahinplätscherten.

»Saschka«, begann Aschot, »mir ist durchaus bewußt, daß unser Leben bloß ein Spiel ist, doch gerade deshalb, und weil es um ein Spiel geht, möchte ich dir eine kleine Lektion halten.«

»Pestalozzi?« Saschka lachte.

»Und zugleich Pozzi di Borgo. Nur daß jener Korse in der Zeit nach Napoleon russischer Gesandter in Paris war, während du einfach Pozzi geblieben wärst.«

Aschot, leicht angetütert, war über die Maßen wortreich und überzeugend. Er ritt mal wieder sein Stekkenpferd: daß Saschka nämlich nicht begriff, was für eine Mission ihm zuteil geworden sei. War er denn nur abgehauen, um seine Zeit und Kraft auf läppische Don Quijotes eines Mintus zu verschwenden? Das wäre doch dasselbe, als würde man Nägel mit einem Mikroskop einschlagen. Hirnverbrannt war das, der reinste Schwachsinn. »Dir muß das doch selber langweilig sein, gib es zu. Oder machst du es nur des Geldes wegen? Das glaub ich nicht! Gibt es denn in eurem ganzen idiotischen New York wirklich niemanden, der auf dich zukäme und sagte: Mister Kunizyn, lassen Sie uns gemeinsam die Welt auf den Kopf stellen! Sie soll staunen, in Verwunderung erstarren, soll für einen Moment Wahlen, Inflationen und Neutronenbomben vergessen. Lassen Sie uns gemeinsam was auf die Bühne bringen – die ›Göttliche Komödie‹ von mir aus, ›Die Ilias‹, oder ›schlimmstenfalls Art Buchwald‹. Ist denn tatsächlich niemals auch nur ein einziger Mensch an dich herangetreten? Ihr habt doch haufenweise Millionäre, und alle sind sie Philantropen, wissen nicht, wohin mit ihrem Geld, um weniger Steuern zu zahlen. Befindet sich wirklich kein Musik- oder Ballettliebhaber unter ihnen, den man letztlich einwickeln könnte? Du bist doch unser Experte auf diesem Gebiet.«

Saschka hörte schweigend zu, unterbrach ihn nicht. Er knickte einen kleinen Zweig ab, warf ihn ins Wasser.

Aschot entsann sich des »Mantels«, für den er sich unmittelbar vor Saschkas Abreise begeistert hatte ... Akaki Akakijewitsch! »Vielleicht solltest du gar nicht mal den Akaki spielen, sondern den Mantel an sich? Eine weiche, bequeme, uns von allen Seiten umschmeichelnde Pelerine, deren Schöße im Wind flattern; es ist Nacht, ein öder Platz ... Und sie verschwindet mit den Räubern. So zumindest sehe ich sie – heruntergerissen von den Schultern des Alten und zu ihm hinstrebend. Und der alte Mantel, die Kapuze – das bist ebenfalls du. Ärmlich, fadenscheinig, mit Löchern in den Ärmeln. Odette und Odile ... Ach Saschka, Saschka, das bietet sich geradezu an ...«

»Bist du fertig?«

»Ja.«

»Dann gib mir mal deine Pfeife.«

Aschot reichte ihm seine alte, verräucherte Schaumpfeife. Es war ein Zeichen höchster Sympathie, höchsten Vertrauens. Unter eingefleischten Rauchern existiert da ein ehernes Gesetz – Frau, Pferd und Pfeife werden an niemanden abgetreten. Und nur bei Saschka verstieß Aschot gegen dieses Gebot. Dem engsten Freund gestattete er es.

Saschka rauchte die Pfeife an, zog ein paarmal. »Weißt du, mein lieber Aschotik ...«

Aschot begriff schon nach diesem »Weißt du«, daß er all seine Munition umsonst verschossen hatte, ohne Saschka auch nur zu streifen. Das heißt, gestreift hatte er ihn vielleicht – wer wollte nicht Nishinski sein, besonders wenn ihm versichert wurde, er sei mit ihm identisch. Doch in dem, was Saschka erwiderte, lag zuviel Rationalität, Nüchternheit, Abwägendes und zu wenig von dem Feuer, dem Unternehmungsgeist, die ihn einst so von anderen unterschieden hatten. »Saschka, bist du es wirklich?« brach es aus Aschot heraus.

»Klar bin ich es ... Oder nein, nicht ich, Aschotik,

Amerika ist das! Du kennst es nicht, dieses Land, es ist herrlich und furchtbar zugleich, glaub mir. Haufenweise Millionäre? Das stimmt. Und unter ihnen sind durchaus Ballettliebhaber. Nur gibt es eben keine Djagilews. Auch keine Mamontows und Morosows, nur Manager. Selbst auf dem Gebiet des Balletts. Was schert einen solchen Mann dein ›Mantel‹, den er nie gelesen hat, er verwechselt Gogol mit Hegel, und meine Entrechats in irgendeinem gutgehenden Schmarren stellen ihn vollauf zufrieden. Dafür blättert er sein Geld hin, findet einen Regisseur, zimmert eine Truppe zusammen. Ob ich den Faun tanze oder den römischen Papst, ist ihm dagegen schnurzpiepegal. Hauptsache, ich bin es! Noch steh ich hoch im Kurs, komme immerhin vom Kirow-Theater, das sie für besser halten als das Bolschoi. Ich bin getürmt, verhältnismäßig jung, meine Visage ist ansehnlich, noch muckt mein Herz nicht, ich wirble und springe umher – was brauchen sie mehr? Was sie jedoch ganz und gar nicht nötig haben, sind irgendwelche Djagilews, Nishinskis, Pawlowas …«

»Aber wir brauchen sie, wir Russen!«

»Ach, Arkadi, was redest du da.«

»Gib mir meine Pfeife zurück.«

Und das Gespräch verebbte. Eine Weile saßen sie noch schweigend da, dann erhoben sie sich, überquerten die Brücke und liefen am Quai entlang in Richtung Saint-Michel. Später dann stellte sich Aschot erstaunt und voll Bitternis selber die Frage, warum er auf Saschkas Erwiderung nicht ausgerufen hatte – Djagilew hin, Djagilew her, ich bin doch da! Ich, dein Freund und Lehrer, dein Pestalozzi, dem jeder winzige Zug an dir vertraut ist, jede Regung. Aber er hatte es nicht ausgerufen. Weshalb? Aus Schamgefühl Saschka gegenüber? Unsinn. Und doch hatte er geschwiegen. Saschka aber waren diese Dinge gar nicht in den Sinn gekommen. Ach was, von wegen!

Natürlich waren sie das! Er wollte nicht! Er hing fest. Hatte sich a-me-ri-ka-ni-siert.

»Na wie ist's, gehn wir noch zu mir ins Hotel?« fragte Saschka. »Ich hab ein Fläschchen zurückgestellt.«

»Eigentlich hab ich keine Lust ... Laß uns lieber zum Bahnhof laufen, zur Gare du Nord, dort können wir die Schnellbahn nehmen ... Wann geht dein Flugzeug?«

»Ich muß noch meine Sachen holen. Die Maschine geht um acht.«

So mußten sie dennoch ins Hotel, wegen der Sachen; einem leichten Regenmantel und einem kleinen Koffer aus Krokodilleder. »Machst auf nobel, Bruderherz, ja?« – »So ist es. Ich hab noch einen anderen, aus Nilpferdleder, sein Futter ist ...«

Die Flasche enthielt, wie sich herausstellte, Cognac; sie war es auch, der sie zu Füßen Voltaires den Garaus machten.

9

Hierin liegt nun zwar eine gewisse Gleichförmigkeit und ein Mangel an Phantasie – doch Aschot, nachdem er Saschka zum Flugplatz begleitet hatte, ging weder zur Arbeit (er rief an und erklärte erstmals in seinem Leben, daß er krank sei) noch nach Hause, sondern setzte die unterbrochene Tour durch die Cafés fort. Das Geld bekam er von Saschka, er sagte einfach: Gib mir dreihundert Francs. Der gab sie ihm auch sofort, bot ihm jedoch – und das versetzte Aschot einen Stich wie schon bei ihrer letzten Begegnung – nichts zusätzlich an, so wie er sich überhaupt kein einziges Mal in dieser ganzen Nacht für die materiellen Verhältnisse des Freundes interessiert hatte.

Das war's also, dachte Aschot, während er durchs Quartier Latin streifte und sich mal hier, mal dort im Café niederließ, wir sind uns begegnet, haben uns unterhalten, uns abgeschmatzt, zum Abschied hatte Saschka ihm seine elegante Visitenkarte mit Goldschnitt ausgehändigt. Was sie jedoch nicht zustandegebracht hatten, obwohl nicht nur er, sondern wohl auch Saschka es brauchten und sogar herbeisehnten, war ein offenes, vertrauensvolles Gespräch.

Bei Zusammentreffen mit Besuchern aus Moskau und Leningrad hatte Aschot schon seit langem festgestellt, daß ihnen allen (bis auf wenige Ausnahmen) ein gewisser Zug eigen war: Man plauderte belanglos über dieses und jenes, so als hätte man sich erst vor kurzem gesehen, als würde keinerlei eiserner Vorhang sie trennen, keine Berliner Mauer. Die Fragen beschränkten sich auf ein Minimum: Wie geht es dir, was treibst du so, wovon lebst du? Und in jedem Wort Vorsicht, die Furcht, an ernste Dinge zu rühren. Einzig Roman hatte diese Angst nicht gehabt und Tjulka, der auf alles pfiff und scharf auf Pornos war.

Doch das waren Leute aus Moskau und Leningrad – sie hatten die geliebte Heimat im Rücken und im Hotelzimmer nebenan den heimischen Schnüffler. Aber Saschka verhielt sich genauso. Oder fast genauso. Gewiß, er hatte nichts zu fürchten, schaute sich nicht ständig um, und kein Vorhang, keine Mauer trennten sie, dennoch wich auch er dem Wichtigsten aus. So war nichts weiter zustandegekommen als eine Begegnung zwischen Freunden, die sich lange nicht gesehen hatten.

Roman dagegen hatte sich alle naselang, wobei er freilich vom Hundertsten ins Tausendste kam, nach Aschots Arbeit erkundigt, nach seinem Gehalt und ob man davon leben könnte – mit einem Wort, ihm war das Leben des Freundes, seiner Frau und seiner Mutter nicht gleichgültig (»Na, wie geht's unserm Mütterchen so, hat sie nicht Sehnsucht nach ihrer Gemeinschaftswohnung?«).

Doch Saschka? Saschka sprach hauptsächlich von Amerika und den Amerikanern, die im großen und ganzen patente Kerle wären, schlicht und herzlich, nur drehe sich bei ihnen eben alles ums liebe Geld, ums eigene Geschäft. Im Team aber – eine Weile hatte er wohl irgendeine leitende Funktion innegehabt – sei es schwierig mit ihnen, jeder dächte nur an sich selbst. Saschka zeigte sich auch nicht abgeneigt, ein paar Namen einfließen zu lassen: Als ich Frank Sinatra mal auf einem Empfang begegnete ... Neulich hab ich mit Richard Burton gekübelt, der Alte verträgt einen tüchtigen Stiefel, alle Wetter, während Brando, Marlon Brando, du weißt schon, überhaupt nicht mehr trinkt, er ist trocken ... Ganz nebenbei erwähnt wurde auch ein Empfang im Weißen Haus und ein Weekend in der Villa von Liz Taylor (»Ganz schön dick geworden, das alte Mädchen, hundert Kilo bringt sie bestimmt auf die Waage, wenn's reicht«). Mit den russischen Schriftstellern traf er sich fast nie, mit zwei, drei der bekanntesten war er mal zusammengekomnen, auch ihre Zeitungen las er nicht; Brighton Beach oder Odessa-Beach, wie die Ansammlung der Odessa-Emigranten genannt wurde, mied er geflissentlich.

Saschka wollte nur fröhlich und unbeschwert schwatzen, amüsante Geschichten hören, Anekdoten. Zum Beispiel wollte er wissen, welche neuen Witze Romka aus Moskau mitgebracht hätte. Jetzt ginge es ja wohl immer um die Tschuktschen, während Wassili Iwanowitsch total vergessen sei. Auch nach Romka selbst erkundigte er sich – er sei, heißt es, Regisseur geworden, interessant, interessant ... Doch auf die Antworten hörte er zerstreut, hatte es immer nur eilig, ins »Maxim's« oder ins »Raspoutine« zu kommen: »Hör mal, wieso drücken wir uns immer bloß in billigen Kneipen herum? Los, zeigen wir diesen Parisern mal, wie wir Russen einen draufmachen, Geld haben wir schließlich.« Und er war höchst erstaunt, daß Aschot noch nie in einem dieser Nobelschuppen gewesen war.

Nein, ein offenes, vertrauensvolles Gespräch hatten sie nicht geführt. Worauf Aschot so gehofft hatte, es war nicht zustandegekommen. Sie hatten sich nicht in der erstbesten Taverne an ein Tischchen gesetzt, einander in die Augen geblickt und gesagt: »Na was ist, Saschka? Na was ist, Aschotik? Da sind wir nun beide getürmt, jeder auf seine Weise, und leben in einem fremden Land, du in diesem, ich in jenem. Und das Haus, in dem wir bis dahin gewohnt haben, ist uns versperrt ...« Und dann hätten sie die Vergangenheit heraufbeschworen – ach weißt du noch, ach erinnerst du dich? Über die Vergangenheit hatten sie dann zwar gesprochen; für Aschot bedeutete sie etwas, das er unter Schmerzen aufgegeben hatte – ach unbeschwerte Jugend! –, für Saschka war sie wohl mehr etwas Gemütliches, freilich weit entfernt und halb vergessen. Gerade noch sprachen sie von den Newakais, da machte er schon einen Sprung: »Ach weißt du, kürzlich haben wir das hundertjährige Jubiläum der Brooklyn-Brücke gefeiert, die haben ein unwahrscheinliches Feuerwerk losgelassen, viel besser noch als euers in Versailles ...«

Und kein einziges Mal in diesen ganzen zwölf Stunden hatte Saschka diese natürliche, nur zu natürliche, sich nahezu von selbst aufdrängende Frage gestellt: »Hör mal, Aschotik, brauchst du Geld, reicht es bei euch fürs Leben?«

Nein, Aschot war nicht gekränkt, er hatte nichts verheimlicht, beim Abschied kamen ihnen beiden die Tränen, doch als er wieder zu Hause war, irgendwie ernüchtert, ließ er sich schweigend aufs Sofa fallen.

»Na, wie war's« fragte Henriette.

»Traurig, mein Kätzchen ... Sehr traurig.«

Seither haben sie sich nicht mehr gesehen, unsere Musketiere; sie schreiben sich auch nicht, telefonieren nicht miteinander. Warum? Gott weiß warum. Entweder weil der Alltagsstreß sie auffrißt oder …

Romans Film lief im Inland durchaus erfolgreich, wurde auf dem nächstfälligen Plenum aber trotzdem auseinandergenommen. Von demselben Natschalnik aus dem Verband der Filmschaffenden, den Roman einst als »keinen üblen Kerl« bezeichnet hatte. Das war er übrigens wirklich nicht – vor seiner Rede nahm er Roman alles andere als bösartig beim Arm und sagte: »Ich werde dich kritisieren, was bleibt mir sonst übrig. Befehl von dort (er wies mit dem Finger zur Decke). Mir selbst gefällt der Film, ehrlich, und den Leuten ebenfalls. Auf das, was ich jetzt von der hohen Tribüne herab verkünden werde, kannst du pfeifen. Selbstkritik wird niemand von dir verlangen, das ist das Entscheidende. Und stell den Antrag für einen neuen Film, wir unterstützen ihn.«

Dann erklärte er in der Tat von der »hohen Tribüne« herab, auf die zu pfeifen er eben noch geraten hatte, mit seiner gewohnt müden, ja trägen Stimme, daß der Zuschauer den Film Roman Krymows nicht angenommen habe, was den talentierten Regisseur zu kräftigem Nachdenken anregen sollte. Genau damit befaßte sich Roman denn auch nach Kulidshanows Auftritt, indem er überlegte, wohin er mit seinen Freunden, dem Kameramann und dem Regieassistenten, jetzt am besten ginge – ins Haus des Theaterverbandes oder in das der Schriftsteller. Den Antrag für einen neuen Film hat er bislang nicht gestellt, er ist auf der Suche nach einem Szenaristen.

Nach seiner Rückkehr aus Paris hatte es noch zwei, drei unangenehme Minuten gegeben. Man bat ihn zu einem Gespräch ins Hotel »Moskwa«. Zwei Typen mit steinernen Gesichtern wollten wissen, weshalb er zwei Tage früher vom Festival abgereist sei. Ob er sich mit Dissidenten, mit Abtrünnigen getroffen habe. Und wer dieser Nikogossjan sei, mit dem er Kontakt gehabt hätte. Sie drohten ihm zwar nicht, gaben jedoch zu verstehen, daß er sich im Ausland durchaus nicht so verhalten habe, wie es sich für einen Sowjetbürger gezieme ... Großer Gott, wie einem dieser ganze Mist an die Nerven ging. Da saß man wie der letzte Idiot in diesem speziell für solche Gespräche präparierten Hotelzimmer, rauchte ununterbrochen, die Finger zitterten einem, und die Kerle sahen es ... Pfui Teufel! Wie gut hatte es doch Aschotik – keine Treffs in Hotels, keine Schnüffler oder Zöllner, die an der Grenze jede deiner Zahnpastatuben untersuchten. Zweien aus seiner Gruppe hatten sie die Jeans weggenommen, einem sogar eine Zeitschrift über die Fußball-Europameisterschaften.

Trotzdem beneidet Aschotik noch immer Roman. Natürlich, es gibt dort jede Menge Dreck – es fehlt an dem und jenem, sie nehmen einem die Luft zum Atmen –, und doch hat er es geschafft, seinen Film durchzuboxen. Das ist vielleicht sogar das Wichtigste. Die Kräfte scheinen ungleich, aber er hat gesiegt, die Leute überlistet, sie getäuscht. Und was für Leute! Das Komitee, Jermasch persönlich – wenn das kein Grund zum Triumphieren ist! Bei ihm jedoch, bei Aschot? Alles ist gleichsam normal, die Arbeit zermürbt ihn nicht übermäßig, sogar Zeit zum Lesen bleibt ihm. Und doch, sein Leben entbehrt jener Schärfe, mit der es Romka zu tun hat: keine Kämpfe, keine Siege ...

Ja, in seinem jetzigen Leben, in seinem wenn auch nicht dunklen, so doch ungenügend erhellten Reich blitzte hin und wieder ein Lichtstrahl auf. So spielte er in einer vielteiligen amerikanischen Serie immerhin die Rolle Stalins.

Er war rein zufällig mit einem Regisseur zusammengekommen, der in Paris gerade nach einem Mann mit kaukasischem Aussehen Ausschau hielt. Nach einer Probeaufnahme gab er ihm diese nicht eben große, doch einprägsame Nebenrolle. Der Ruhm Gelowanis wurde ihm zwar nicht zuteil, er geisterte danach nicht durch eine Reihe von Filmen, doch die Rezensionen in den amerikanischen Zeitungen waren gut, und die »Times« druckte sogar ein Foto von ihm ab.

Es gab auch noch einen weiteren kleinen Strahl, er war nicht sehr hell, wärmte ihn aber bis heute. In Venedig, wohin er mit einem Fernsehteam zur Biennale gefahren war, machte er die Bekanntschaft eines jungen Schauspielers, der sich vom Theater des Leninschen Komsomol abgesetzt hatte. Sie tranken in einer Trattoria ein Glas zusammen, kamen ins Gespräch. Und es stellte sich heraus, daß sie beide etwa die gleiche Sicht aufs Theater hatten. Beide standen sie reichlich kritisch zu dem, was sich da zur Zeit diesbezüglich im Westen tat. Ja selbst über Moskau, das Mekka des Theaters, konnten sie sich nicht sonderlich freuen.

Dieser Kolja Wetrow, ein Bursche von dreiundzwanzig Jahren, nicht dumm, sondern lebhaft und mit wachem Blick, war erst vor kurzem getürmt und sprach von den letzten Moskauer Premieren alles andere als enthusiastisch. Jugend ist kompromißlos, und so bekamen bei ihm sowohl Ljubimow als auch Efros und Jefremow ihr Fett ab, ja selbst der seiner Meinung nach beste – Towstonogow – blieb nicht verschont. Doch insgesamt kamen seine Ansichten denen Aschots recht nahe. Beide einigten sich darauf, daß es um die Klassik einfach schlimm bestellt sei. Die Regisseure wollten unbedingt »ihren« Tschechow finden, »ihren« Gogol, alle versuchten sie ein Meyerhold zu sein, schlichte Worte hörte man bei ihnen nicht. War es aber nicht an der Zeit, das alles neu zu bewerten?

Man sollte bei den »Drei Schwestern« oder bei »Hamlet« weniger nach einer eigenen Ausdeutung suchen, sondern bemüht sein, das Stück mit den Augen des Autors zu sehen. Pirandello soll Pirandello bleiben, Ionesco Ionesco und Tschechow Tschechow. Er lag ihnen besonders am Herzen. Und zum Ende des Abends, der schon zur Nacht geworden war, kam ihnen unvermittelt die Idee, Tschechows »Seelchen« zu inszenieren – Tolstois Lieblingserzählung, die er seinen Gästen immer zu Gehör brachte. Kolja hatte auch schon eine Schauspielerin für die Hauptrolle parat: »Sie lebt bei euch in Paris, eine junge Russin, das ›Seelchen‹, wie es im Buche steht.«

Sie tauften die venezianische Trattoria »Slawischen Basar«, kamen überein, sich in einem Monat wieder zu treffen; bis dahin wollten sie überlegen, die Sache durchdenken, den Grips ein bißchen anstrengen. Beide fanden auf Anhieb Gefallen aneinander.

Und dann gab es in Aschots Leben noch ein weiteres, nicht unwesentliches Ereignis – Henriette erwartete ein Kind. Sie träumte von einem Mädchen, Aschot von einem Jungen, Ranusch Akopowna wünschte sich ein lebendiges Wesen schlechthin. Heimlich kaufte sie Jäckchen, obwohl das nach russischem Brauch nicht üblich war.

Und der Dritte? Saschka?

Die Anzeige »Bitte die Gurte anlegen und das Rauchen einstellen!« war kaum verloschen, da begab sich Saschka ans Buffet. Er flog mit einer »Concorde«, dem schnellsten und komfortabelsten Flugzeug der Welt: drei Stunden bis New York. Er ließ sich eine Flasche Kognak geben, blätterte in einem Prospekt, der für die unterschiedlichsten Länder warb, für Brillanten und japanische Fernseher in Gestalt von Armbanduhren, griff nach Rasputins »Abschied von Matjora«, denn alle waren darüber des Lobes voll …

Abschied, immer wieder Abschied ... Ach Aschot, Aschotik, da hat er nun schon das erste Grau im Bart, kommt aber über das Alter eines Zwanzigjährigen nicht hinaus, führt stets nur Djagilew im Munde ... Djagilew, Nishinski! Unser lieber Pestalozzi kann einfach nicht begreifen, daß das New York von heute nicht das Paris des beginnenden Jahrhunderts ist. Aschot hat's gut – er schrubbt seine täglichen Pflichtstunden ab, und dann ab aufs Sofa mit einem Buch von Awtorchanow oder Grossmann. Unsereins dagegen ... Man ist kaum aus dem Flugzeug, schon gilt es eine Entscheidung zu treffen, und was für eine schwierige. Soll er nun nach Hollywood? Den Vertrag mit der »XXth Century-Fox« unterschreiben? Den Nishinski spielen? Die Rolle ist zwar klein, die Bedingungen aber sind nicht schlecht. Nur wollen diese Mistkerle gewisse Versuchungen Djagilews besonders herausstellen, was er, Saschka, nicht mal andeutungsweise zulassen wird. Nishinski ist unser Stolz, und er wird nicht den geringsten Fleck auf ihm dulden ... Nun ja, und Japan? Rainier, der Fürst von Monaco? Alles kommt wie üblich zusammen ...

Während er aus der Flasche trank und zusehends in Rage geriet, überlegte Saschka, wie und wo er seinen Japaner am besten volltrichtern konnte, um das Gastspiel in den Oktober zu verlegen – in dieser Zeit würde er Angela nach Miami schicken, sollte sie sich sonnen –, dann könnte er im September beim Festival von Monte Carlo dabei sein. Nun ja, und die »Raimunde« in Chicago? Auch im September ... Ach was, vielleicht sollte er sie allesamt zum Teufel schicken, all diese Fürsten und Japse ...

Aschot will den »Mantel« auf die Bühne bringen, den »Mantel«, damit hat er's! Ein Djagilew sowjetischer Prägung ...

Und jäh, ganz unvermittelt, stieg in ihm die Erinnerung

an eine Nacht an der Newa auf. In jenem Jahr war sie fast bis an den Grund zugefroren. Sie waren auf dem Heimweg von irgendeinem fröhlichen Besäufnis, stiegen bei den Sphinxen das Ufer hinunter und schlitterten übers Eis. Vorher aber, vor dem Besäufnis, hatte es sie aus unerfindlichen Gründen ins Kino verschlagen, zu Bondartschuks »Krieg und Frieden«, und dieser Film war zu ihrem Erstaunen gar nicht mal so schlecht gewesen. Austerlitz, die Bälle und Lüster – das alles war vielleicht ein bißchen zuviel, doch Ktorow, der den alten Bolkonski spielte, und Petja Rostow, verkörpert von einem blutjungen Schauspieler mit dem anrüchigen Namen Jermilow*, prägten sich sofort ein, blieben im Gedächtnis haften.

Und mitten auf der Newa, begleitet von einem hübschen kleinen Schneesturm, begann Saschka plötzlich zu tanzen. Weiß Gott, noch nie in seinem Leben hatte er besser getanzt. Zwei Rollen zugleich! Alexander den I. zu Roß, den jungen schönen Herrscher der Russen, und den in Liebe entflammten, kopflos gewordenen Petja. Und gleich darauf die letzte Nacht, das Schärfen der Säbel – dsing, dsing! –, der Chor, der unendliche Himmel, die Sterne und der Tod – Saschka ruderte, ruderte mit den Armen und stürzte vom Pferd …

»Saschka, du bist ein Genie!« hatte Aschot damals ausgerufen. »So etwas tanzen kannst nur du! Keine Widerrede!« Und lachend fügte er hinzu: »Wie man sieht, zeitigt eine Mischung aus Bondartschuk und sto Gramm ein hervorragendes Ergebnis.«

»Und über den Grafen sagst du nichts?«

»Der Graf hatte nichts fürs Ballett übrig.«

»Nun, deshalb hab ich ihn ja auch mitten durchgesäbelt … Wenn ich nun schon ein Genie bin!« …

Saschka streckte die Beine aus – in der »Concorde«

* sowj. Literaturkritiker.

war es bequem und geräumig – und betrachtete durchs Bullauge die wallenden Wolken unter sich. Die Sonne ging unter, und sie waren ganz rosa. Petja Rostow, Petja Rostow ... Wem war er hier schon von Nutzen? Na uns doch, uns! Den Russen! Den Russen? Aber Rudolf, Mischka Baryschnikow und Godunow waren schließlich auch Russen. Ach was, du bist nicht Nurejew, du bist Kunizyn! Aschot ist kompromißlos, nimmt kein Blatt vor den Mund. Und natürlich weiß der Halunke, daß ich das Zeug dazu habe. Dabei könnt ich mich einfach in die Sonne legen ... Na ja, Schwamm drüber ... Und jetzt? Zum Teufel mit »Raimunde«, der Henker soll sie holen. Das Schlitzauge werd ich morgen, nein übermorgen, ins »Plaza-Hotel« einladen, werd den Mann tüchtig mit Schnaps traktieren und beschwatzen. Nach Monte Carlo geht ein Telegramm ab – »Kommen möglich« –, auf so was darf man nicht verzichten ... Angela wird nach Miami abgeschoben ... Und was mach ich mit Mama? Ach Mama, Mama, großer Gott ... Noch heute setz ich mich hin und schreib ihr einen langen, ausführlichen Brief.

Saschka stand auf, begab sich erneut zum Buffet. Sie befanden sich bereits über Kanada.

An der Theke stand ein rotgesichtiger Amerikaner und schlürfte den üblichen Whisky-Soda. Er musterte Saschka eine Weile, wartete ab, bis er seine Flasche Kognak hatte, und sagte: »Excuse me, are you Kunitsyn?«

»Ja, wieso?«

»Sie tanzen sehr gut, ich hab Sie im ›Don Quijote‹ gesehn, im Fernsehn.«

»Und was können Sie sehr gut? Ich hab Sie noch nicht im Fernsehn gesehn.«

»Ich?« Der Rotgesichtige geriet ein wenig aus dem Konzept, erwiderte dann aber lachend: »Geld machen! Ich bin im Business.«

»In welchem Business?«

»Konfektion.«

»Fertigen Sie auch Mäntel?«

»Was für Mäntel?«

»Na, für Geheimräte zum Beispiel.«

»Ich verstehe nicht ...«

»Geben Sie mir Ihre Nummer, ich ruf Sie in New York an. Ich brauche ein Kleid für meine Freundin, aber es muß so sein, daß Caroline von Monaco vor Neid platzt. Können Sie das?«

»Aber ich mache nur in Konfektion.«

»Dann handeln Sie damit in Grenada. Meine Ehrerbietung.«

»Darf ich Sie vielleicht zu einem Whisky einladen?« erkundigte sich nichtsdestoweniger der Geschäftsmann.

»Nein, ich trinke nur Wodka. Und zwar ausschließlich ›Moskowskaja‹.«

»Keinen Kognak? Sie haben aber doch welchen in der Hand.«

»Der ist für Freunde. Ich selbst trinke nur Wodka. Ausschließlich ›Moskowskaja‹.«

»Ich denke, den müßte es hier geben.«

Es gab ihn in der Tat, und man bestellte zwei große Gläser voll, mit Eis.

»In einem Zug, wenn ich bitten darf«, sagte Saschka.

»Wie das?« wunderte sich der Businessman.

»Na so«, und Saschka machte es vor.

Der Geschäftsmann wollte es ihm gleichtun, verschluckte sich jedoch und hustete lange. Als er sich wieder beruhigt hatte, fragte Saschka ihn, was er über einen Mann namens Gogol wisse.

»Ist das der mit dem Uhrengeschäft an der Central-Station?«

»Nein, er handelt mit toten Seelen ...«

»Ich verstehe nicht ...«

»Na schön, dann bestellen wir jetzt jeder einen Lobster, auf Russisch Hummer, und reden über Michael Jackson. Gehören Sie zu seinen Fans?«

In New York verabschiedeten sie sich höchst freundlich voneinander. Der Geschäftsmann hielt sich kaum noch auf den Beinen, Saschka aber nahm ein Taxi und erreichte wohlbehalten sein Appartement in der Fifth Avenue, mit Blick auf den Central Park. Er fiel sofort ins Bett und schlief mindestens zwölf Stunden durch.

Im Traum sah er Caroline von Monaco, die mit Aschot Tango tanzte, beide in Mänteln und unter dem dröhnenden Baß eines Männerchores sowie dem Dsing-Dsíng sich kreuzender Säbel.

Auf diese Weise also gestalteten sich, genauer gesagt, gestalten sich ihre Schicksale, die Schicksale der drei unzertrennlichen Musketiere, die sich freilich doch trennten bzw. getrennt wurden ... Der eine in New York in einer Sechs-Zimmer-Wohnung mit Onyxwanne in der Fifth Avenue, mit all seinen Reisen nach Japan und Ceylon ... Der andere in Paris, in drei Zimmern in der – man staune – Rue Rembrandt, nahe dem Parc Monceau und mit seinen zwar nicht häufigen, aber doch immerhin auch Reisen in einem alten »Renault-5«: durch die Pyrenäen, durch Andorra bis nach Gibraltar und zurück ... Nun ja, und der Dritte im Bunde bereitet peu à peu einen neuerlichen Sieg über Jermasch vor, indem er an den kleinen Tischchen im Haus der Theaterschaffenden oder auch der Literatur geheimnisvoll mit den Verfechtern der wahren Kunst tuschelt – mit erfahrenen Szenaristen, die es satt haben zu lügen, und jungen Schriftstellern, die das Lügen noch nicht gelernt haben. Was das Reisen betrifft, so kommt er nicht weiter als bis nach Koktebel, Dubulty und Repino ...

Die Perspektiven?

Ach, wie gern würde man irgendeine Bilanz ziehn, herausfinden, wer aus dieser Troika gewonnen, wer verloren, wer sein Glück gemacht hat, wer von ihnen letzten Endes als Sieger hervorging im Kampf um das Leben, die Freiheit, die Wahrheit und so weiter. Doch nein, nicht mir, dem unbeteiligten Chronisten, steht es an, darüber ein Urteil abzugeben, Prognosen zu stellen. Ich halte mich zurück. Warten wir's ab ...

Aber weshalb – die Frage ist nur natürlich – habe ich es mir dann erlaubt, meine kleine Geschichte eine traurige* zu nennen? Alles ist doch, scheint es, gar nicht so schlecht – die drei leben und sind gesund, sie arbeiten und schicken sich sogar an, Kinder in die Welt zu setzen.

Man lese die beiden ersten Sätze des Epilogs, und man wird es verstehen: Sie schreiben sich nicht, telefonieren auch nicht miteinander ...

Heute ist Sonntag, und am Mittwoch, dem 12. September, sind es genau zehn Jahre seit jenem Tag, da wir – ich, meine Frau und das Hündchen Julka – unsere Freunde umarmten und mit einer verstohlenen Träne im Auge in Borispol das Flugzeug bestiegen, um drei Stunden später in Zürich zu landen.

So begann im vierundsechzigsten Lebensjahr für mich, im einundsechzigsten für meine Frau und im vierten für Julka ein neues, dem früheren in keiner Weise ähnliches Dasein.

Ob ich diesen 12. September 1974 segne? Ja, ich segne ihn. Ich brauche die Freiheit, und hier habe ich sie gewonnen. Sehne ich mich nach der Heimat, der Vergangenheit? Ja, ich sehne mich danach. Sehr sogar.

Es hat sich nämlich herausgestellt, daß das Wichtigste im Leben – Freunde sind. Man sieht es besonders, wenn man sie verliert. Für andere zählen in erster Linie Geld, Karriere, Ruhm – für mich sind es Freunde. Die Freunde

* Russischer Orginaltitel: »Eine kleine traurige Geschichte«.

jener schweren, komplizierten und doch erhabenen Jahre. Jene, mit denen man so viel durchlebt und durchlitten hat, mit denen gemeinsam man während des Krieges die Straßen in Ossetien durchschritt, die ingurischen Pfade, die Steppen am Don während der schlimmen Tage des Rückzugs, die Siwzewy Wrashki, die Schloßkais, die Parks in Kiew; jene, mit denen man ungezählte Stunden in verqualmten Stäben zubrachte, in Schützengräben, voll oder nur halb ausgebaut, in Kantinen und Kneipen; jene, mit denen man Gott weiß wie viele Fässer von irgendwelchem Gesöff geleert hat. Sie aber, diese Freunde, werden immer weniger, und an jeden von ihnen, ob nun fortgegangen oder daheim geblieben, erinnert man sich voller Wärme, voller Liebe. Ach, wie sehr ich sie vermisse.

Vielleicht besteht das größte Verbrechen, das in meinem Land in den zurückliegenden siebenundsechzig Jahren begangen wurde, darin, daß man die Menschen auf teuflische Art entzweite. Möglicherweise begann das bereits mit den Gemeinschaftswohnungen, ich weiß es nicht, aber wie dem auch sei – die menschlichen Beziehungen liefen darauf hinaus, daß die Leute, selbst wenn sie einander liebten, eingezwängt in das Prokrustesbett und aus Furcht um ihre Glieder, diese Beziehungen abbrachen. Aus Feigheit, aus Vorsicht, aus Angst um ihre Kinder – es gab Millionen Gründe. So blieb einer meiner allernächsten Freunde, noch aus den Jahren der Jugend und Begeisterung, nicht nur bei meinem Abschied fern, er rief mich nicht einmal an. Eine gleichfalls nahe Freundin untersagte mir kategorisch, sie anzurufen, geschweige denn sie zu besuchen. Ein anderer Freund, mir ebenfalls nahestehend, freilich erst aus der Zeit nach dem Kriege, sagte beim Abschied und gegen die Tränen ankämpfend zu mir: »Schreib mir nicht, ich werde ohnehin nicht antworten ...«

Und dieses »Ich werde nicht antworten«, diese Wunde

ist bis heute nicht verheilt. Ich respektierte seine Bitte, schrieb ihm nicht, wartete, hoffte insgeheim aber immer, daß er, und wenn's im Suff zu den Siegesfeierlichkeiten wäre, eine Karte nehmen, kurzerhand ein »Herzlichen Glückwunsch« draufkritzeln und sie ohne Absender irgendwo in Darniza oder auf einem Bahnhof in den Kasten stecken würde. Doch in diesen zehn Jahren besoff er sich nie oder schrieb wenigstens nicht, steckte nirgendwo was in den Kasten ... Das alles aber ist Salz, Salz auf meine Wunde.

Und meine kleine Geschichte ist traurig nicht zuletzt deshalb, weil zwischen zweien meiner Freunde die Berliner Mauer steht, zwei andere aus der Troika aber nur durch Wasser getrennt sind, nur durch den Atlantischen Ozean ... Aber nein, es ist nicht bloß der Ozean, es ist etwas viel Tieferes, Bedeutsameres, Ernsteres. Und genau das bewog mich, meine kleine Geschichte eine traurige zu nennen.

Amen.

Collioure – Paris, Juni bis Oktober 1984

Anmerkung des Verlages. Während sich diese Powest zum Setzen in der Druckerei befand, wurde nach unseren Informationen in Paris, Rue Rembrandt 15, ein Telegramm folgenden Wortlauts zugestellt: »Umgehend kommen stop übernehme Kosten stop erbitte Fernruf unter 998 in Fifth Avenue stop erwarte dich stop Kuß stop Saschka«.

△ 3 ▽ 4 ▽ 5 6 ▷